自分という奇蹟

五木寛之

PHP文庫

○本表紙図柄＝ロゼッタ・ストーン（大英博物館蔵）
○本表紙デザイン＋紋章＝上田晃郷

自分という奇蹟◎目次

第一章　深く悲しむ
――いのちの、真の活性化にむけて

第二章　自分という奇蹟
――何がいのちを支えているのか

第三章 風土と人間、そして歌 ――時代を生き抜くちから

第四章　免疫のおしえ ——何がいのちを決定するのか

第五章　「悲しみ上手」の復権——「心の内戦《インナーウォー》」をこえて

第六章 〈慈〉の力 〈悲〉の力 ——痛みを共有すること

第九章 喜びの底にある哀愁 ――「明るさ」を知り、「暗さ」を知ること

第十章　「生きている」ことの価値
――生命の実感を取り戻すこと

第十四章 運命と宿命 ――人生を生きる上で、大切なこと

第一章　深く悲しむ

――いのちの、真の活性化にむけて

人は、励ましの言葉に癒《いや》されるだろうか

最近「癒し」という言葉が非常に流行していますね。人を癒す。傷ついた心を癒す。しかし、言葉でどんなに励ましても、人は癒されるものではなかろうと私は思っています。

励ましと癒し。これは励ましと慰めと言いかえてもいいかもしれませんが、今は明らかに励ましの時代ではない。戦後七十年間、私たちが営々として、坂

の上の雲、すなわち経済大国を目指して走り続けてきた七十年間は、「がんばれ」というのが一つの合言葉だったと思います。

強いことが大事、明るいことが大事、前向きが大事、積極的なことが大事――。

そして、がんばれがんばれというかけ声を背中に聞きながら、私たちは水俣病を見すごし、富山のイタイイタイ病を見すごし、がんばって走り続けてきたということだろうと思います。

ところが、戦後五十年の節目に、くしくも阪神・淡路大震災（一九九五年）、平成二十三年（二〇一一）には東日本大震災という大きな出来事があって、私たち日本人はなにか冷水を浴びせかけられたような感じがした。自分たちが戦後営々としてつくり上げてきた物質的な豊かさというものは、こんなにもろいものだったのか。わずか数十センチの縦揺れ横揺れで、こんなに無惨《むざん》に高速道路がひっくり返り、ビルが倒壊し、津波にすべてが呑み込まれてしまうのか……。

そういう中で、私たちは、物だけでなく何かが必要なんだ、心の豊かさも大事なんじゃないかと思って、心の時代という言葉が流行《はや》ったり、宗教なんてものも頭の隅にちらちらっとかすめ出した。戦後五十年のときには地下鉄サリン事件が起こり、そしてオウム真理教の事件が起こり、私たちはさらに冷水を浴びせかけられたような気持ちになった。物というのも頼りにならないけれど、心とか宗教とかいうものも結構危ないものなんだなと——。では、一体どこへ行けばいいのか。いまは明らかに「励まし」とか「がんばれ」というかけ声の時代ではない。

そして、心を「癒す」ということが盛んに言われるようになってきた訳です。

ボランティアで満たされるのは「自分の心」

そんな中で、近頃、若い人たちの間では、ボランティアがそれまでになくクローズアップされてきました。東日本大震災でも、後片づけや掃除に、全国各地からボランティアの方が続々と駆《か》けつけていました。そのこと自体は私もすばらしいことだと思うのですが、ただ、そこでどうしても考え込んでしまうのは、参加している人たちのなかにボランティアを違うふうに受け取っている人たちがいるということです。

ボランティアに行ってきた学生の一人が、なにか浮かない顔をしているので訊《き》いてみると、ボランティアに行ってはみたもののどうも後味が悪いと言う。なんでと訊くと、とにかく自分たちは献身的に一生懸命尽くしてきた。そんな働きを最初の頃は泣いて喜んでくれた人たちが、そのうちあれしろこれしろと当たり前のように言い始める。そうするとやっぱりむっとすることがあると言うんですね。あんたたちが来るから我々が休めないと文句を言われたと言う人もいました。しかし、そこで彼に言いたいのは、ボランティアの根本《こんぽん》は自分の心の飢えを満たすための作業であって、人のためにするものではないということなんです。

ボランティアを別な視点から古い言葉で言うと、布施行《ふせぎょう》ということになります。布施というのはもともと布施行といって「行」の字がつくんです。布施は行なんですね。

「出家《しゅっけ》する」と言います。仲間と別れて、家を捨て、家族を捨て、社会を捨てて頭を丸めて出家をする。出家をした人たちは、もともと厳しい戒律というものを守りつつ修行します。そして、一生懸命苦しい修行に耐えながら、真理、悟りの世界を追求していくわけです。

ところが私たちにはそれができません。もう結婚していたり、子供がいたり、商売で人をだましたり、いろんなことをしながら暮らしている。嘘《うそ》をつくなと言われても日に何遍かは嘘をつく。酒を飲むな、やれ陰口は言うな、何だかんだといろいろありますが、そういうことを全部守っていると俗世間で生活できません。いたし方なく私たちは布施をするんです。本当の修行というものができない人間が、その修行の代わりに布施をすることによって一つの行をしたことになる。それが、布施行というものの一つです。

「行」の機会に感謝するのが布施

私たちがインドの奥地を旅行したりしますと、バクシーシといって、子供たちがわーっと集まってきてお金をねだる光景に出会います。中でも、痩《や》せ衰えた赤ちゃんを抱いて骸骨《がいこつ》のように痩せたお母さんがインド人特有の黒い目でじっとこちらを見つめ、バスの前にたたずんでいたりしますと、どうしても何がしかの紙幣を渡さざるを得ない気持ちになります。

渡したときの反応というのが独特なんです。私たちは無意識のうちに相手の感謝というものを期待している。ところがそれは一〇〇％裏切られるんです。相手は傲然《ごうぜん》と顔をそらしてすっと立ち去っていきます。一瞬なにか肩すかしを食らったような気持ちになる。本当にわずかなお土産代の一部にすぎないものであるにもかかわらず、私たちは勝手なもので、出すときにはそれに対する感謝を期待しているものなんですね。

それは間違っているというのが、布施の考え方です。なぜか。布施とは、させていただいた方が行をすることによって、その人に幸せあるいは真理の光が近づいてくるという考え方なんです。そういう得がたいチャンスを相手から与えていただいているという考えに立てば、お金をもらった人は胸をはって傲然と立ち去ってよい。こちらは手を合わせてお辞儀をしなきゃいけない。これが正しい布施の仕方なのだというのです。

インドの金持ちの中には、まだ朝暗いうちから小銭を袋にいっぱい詰めて街中に出て、街角で寝ていたり、うずくまっている人たちの枕元に小銭を配って歩くのを日課にしている人がいるそうです。お金を置いた後、その人は合掌《がっしょう》して立ち去って、また次の人の枕元に置いては合掌する。行なんですね。ボランティアというのは布施行なんです。

人は心の中に空白を抱《かか》えて生きている

では、なぜ私たちはそんなことをするのか。私たちは心の中にある種の空白とかむなしさとか、何かを感じているからなんです。

生活もなんとかやっていける。将来も一応決まっている。にもかかわらず、自分自身が確固たる人生の中で確かに生きており、価値のある人生を歩んでいることを感じられないときがあるんです。そういう心の空白を満たすためにボランティアをするんだろうと思います。

川口松太郎さん（第一回直木賞受賞者）という大先輩作家がいらっしゃいました。もうお亡くなりになりましたが、江戸っ子で、小柄ながら声がびっくりするほど大きく、闊達《かったつ》に話されていつも笑い声が絶えず、パーティなんかでは、そこだけスポットライトが当たっているかのように華やかな雰囲気の方でした。

そんな川口さんでしたが、あるとき「もしも今度生まれ変わってくるようなことがあったら、おれは金輪際《こんりんざい》人間なんかには生まれてきたくねえよ」と吐き捨てるようにおっしゃったという。その口調と表情があまりにも切迫した感じだったので、それを聞いた人はうまくフォローすることができなかったという意味の話を、お亡くなりになった後に山本夏彦さんが週刊誌で紹介しておられました。

「人に憂《うれ》いあり」と言いますが、そうか、あんなに明るく闊達な川口さんも二度と人間稼業なんかに戻りたくないというくらいの何かしら深い憂いや悩みを持っていたのだな、と気づいて非常にショックを受けたものです。

「君看《み》るや双眼の色」という古い言葉があります。「君看よ双眼の色」ともいう。あの人の両方の目、つまりあの人の顔をじっと見てごらんなさい。あの人は何も大きな声で苦しいとか、辛《つら》いとか大変だとか、こんなに深い悩みを抱えているとかいうことを人に言ったり訴えたりはしない。いつも静かににこにこと笑って何事もないかのごとくである。だけれども、その人の無言の微笑の奥の静かな目の色をじっと見つめてみると、その人が口に出さずに心の奥に大事にしまって、だれにも言えないで自分だけで抱いている悩み、苦しみ、痛みというものが、彼が何も言わなければ言わないほど、深く伝わってくるではありませんか、ということなのでしょう。

現代の名医が実践する三つのこと

よく言われますけれども、「口は一つ耳は二つ」。口に出して何かを言うことの二倍耳で聞くがよいというわけです。痛んでいる人の声を聞き言葉を聞く、聞いてうなずく、それだけで一つの立派な布施行でありボランティアである。二本の手があるわけですから、できれば口だけではなくて、その二倍の手というものも使えるはずだということなんですね。

以前、宗教学者の山折哲雄さんが、講演の中でこんなことを紹介しておられました。

京都に自分の尊敬するお医者さんがいる。名医である。その人は末期がんの患者さんを担当なさっているけれども、その人は三つのことしかしない。一つは、触《さわ》る。腰を低くして患者の手を握ったり額に手を当てたり体に手を当てたりしながら、絶えず触る。その次が痛みを聞く。そしてどんな手段を講じてでも苦痛はなくす。最後が、褒《ほ》めるというんです。どんなことでも見つけて、褒めてあげる。つまり、その人の存在を認めるということです。

考えてみると、それは実に単純なことではありますが、確かにその人は名医であろうと思います。

人の痛みを取り去るのは、薬を出すだけではない。目で見つめ、手で触り、その人の話を黙ってうなずきながら聞く。調子のいい相づちなんか打たなくてもいい。ただそばにいて、手をとって、黙ってその人の痛みを聞こうとする。

そのことがその人にとっていいだけじゃないんです。やっている方にもいいことなんです。つまり、相手の痛みを自分の痛みのように感じることが、人間にとってとても大事なんです。

悲しみは、人間の細胞を活性化する

では、痛みを分けていただくことによってどうなるか。それによって自分の命が生き生きと再生していくということを考えなきゃいけない。

以前、ＮＨＫで、集まっている被験者の体に電極をたくさんつけて、その人たちの細胞の動きをモニターで観察するというアメリカの医科大学での実験を放送していました。

まず、人々に喜びを感じてもらう、いわゆるプラス思考ですが、うれしかったこと、楽しかったことをみんなで一生懸命考えてもらう。そうすると、細胞が生き生きと活性化してきて、盛んに活動し始めて、免疫力が高まることがモニターに映し出されてはっきりと見えるんですね。

ところが、今度はその実験の後に、逆の実験をするんです。被験者の体に同じようにたくさんの電極をつけて、生涯で最も辛かったこと、最も切なかったこと、悲しかったことを心の底から回想してもらうんです。みんなじっと目をつぶって考え込んでいくうちに、ぽろぽろと涙を流す人も出てきます。

驚いたことに、そういう最も悲しい状態に自分の心をゆだねたときにも、同じように人間の細胞は生き生きと動き始め、脳の神経のシナプスは盛んに交流を始めて、免疫力が高まっていくというのがモニターではっきりと見えたんです。これには私もびっくりしました。

そうか、人間というものは、喜ぶだけではなくて、本当の意味で深く悲しむことによっても自分の命というものを生き生きと活性化させることができるんだなと、一種の感慨を覚えました。

深く悲しみながら、前向きな人生を

岡本かの子さんの「歳々にわが悲しみは深くしていよよ華やぐいのちなりけ

り」という歌が私は大好きです。一年一年自分の悲しみとか、老いの辛さとか、人生の責め苦というものは積み重なって深まっていくばかりである。しかし、そういうものから目をそらさずに、悲しみや辛さと正面からしっかりつき合っていくと、いつの間にかその悲しみのかなたに生き生きと華やいでくる自分の命というものが見えるような気がする、と。

こうありたいな、こういうふうであればいいなという岡本かの子さんの若い頃の願望であろうと考えていましたが、最近はそう思わなくなりました。

人間は喜ぶ、つまりプラス思考に身をゆだねるだけではなく、悲しむこと、絶望すること、悩むこと——。それが本当の意味での深い悩みであり、悲しみであり、寂しさであり、憂うつである限り、それによっても同じように人間の命というものは生き生きと活性化されてくるに違いないというふうに思います。

深く悲しむ、あるいは憤《いきどお》る、こういうことは戦後ずっとマイナス思考として排除されていたんですが、プラス思考とマイナス思考は盾《たて》の両面でもあります。本当に闇の中にいる人こそ光に強く感激して求めることができるし、飢えを知らない人にとってグルメなんて空しい限りなんです。

私たちは、戦後の七十年を経て新しい時代に入っていくこれから、喜ぶことと同時に、本当の意味で深く悲しむこと、人間的な寂しさというものをばかにしないこと、悩むこと、あるいは暗い気持ちに陥ること、憂いを感じること、こういうことを大切にし、そういうことを大切にする中から本当の前向きの人生というものをつかみ出せるようになればいいなと思います。

岡本かの子さんのこの歌は、ひょっとしたら晩年の岡本さんの実感ではないかと最近は考えられるようになりました。

「歳々にわが悲しみは深くしていよよ華やぐいのちなりけり」――私はまだそうはいきませんが、そうあればいいなあ、できるだけそういう方向へ生きていきたいなというふうに思っています。

第二章 自分という奇蹟

――何がいのちを支えているのか

真の寂しさにおそわれたとき

この項では、まず「生きる」ということを逆の方から考えてみたいと思います。「死」の方から「生きる」の方を見るということです。

以前、イスタンブールから帰国してすぐに、ある女優さんが自殺なさったという大変痛ましいニュースを知りました。新聞やテレビではその理由についていろんなことが言われていましたが、おそらく本当のことはだれにもわからないのではないかと思います。

人間は、たとえば、自分で死を選ぶことがある。しかし、その死を選ぶとき、自分はこういう理由で死ぬんだとは、ひょっとしたら本人にもわからないのではないか。

ただ、何か、深い寂しさとか、むなしさとか、切なさとか、憂うつとか、そういうものが心の中に深く根をおろして、それを切り開いていく杖になるような強い光が見出せない――そういうことなのではないかと思います。

先日、倉田百三《くらたひゃくぞう》の『出家《しゅっけ》とその弟子《でし》』を読んでいましたら、親鸞《しんらん》とその弟子の唯円《ゆいえん》の会話として、こんな場面が出てきて、非常に心を打たれました。

ある日、若き唯円が、親鸞に向かっておずおずと尋ねるんです。

「自分は近頃どうも寂しい心持ちがしてならない。歩く人を見ていても、風が吹いていても寂しい気持ちがして仕方がない。修行中の身でありながら、こんなことでいいのでしょうか」

すると親鸞はこう答えます。

「実は自分も寂しいのだ。しかもその寂しさは、こころの奥深く宿っている寂しさで、時間がたつほどますます重くなってくる本当の寂しさなのだ」そして、「いずれ、おまえもわかるときがくるだろう。そんな本当の寂しさと出会ったときには、運命が自分を育ててくれているのだと思って、その寂しさをしっかり見据えて、その寂しさと真正面から向き合うことだ」と、やさしく教え説《と》くのです。

人間というのは、元気に生きていて、申し分のない生活をしていても、時々なんとも言えない気分におそわれることがよくあります。そういったときに、どう対処するかというのは、とても大事なことなんです。

どうにもだめなときの『夜と霧』

実は私自身も、体調が悪いときなど、気持ちが滅入《めい》って仕方がないときがよくあります。

そんなときはどうするか。

まず一つは、できるだけ楽しいこと、明るいことを考えようとします。それも大したこと、立派なことじゃなくていい。私の場合は昔見て楽しかったテレビ番組が特効薬だったりするのですが、できるだけ明るいこと、いいこと、楽しいことを考える。つまり、気持ちを切り替えて、いろんな身の回りのよくよすることを思い出さずに、できるだけ楽しいことを考えてやり過ごすという方法をとります。

しかし、これがどうにもだめなときがあるんです。そしたら、今度は逆に、最も困難な状況の中で生き抜いた人の悲惨な運命のことを考えることにするのです。それに比べれば、というふうに考える。

私がそんなとき思い出すのは、一冊の本です。

これは、『夜と霧』という邦題でみすず書房から出版され、日本でもロングセラーとして読み続けられている本なのですが、ヴィクトール・E・フランクルというお医者さんが強制収容所での自分の体験をドキュメントとして書いたレポートです。

フランクルは、将来を嘱望《しょくぼう》された優秀な精神科医として、ウィーンで大変幸せに暮らしていました。優しい奥さんと子供に恵まれ、何不自由ない生活だったんですが、ユダヤ人であったために、ナチスドイツの手によって、アウシュビッツに送られます。

アウシュビッツは湿地帯の非常に陰うつな風景の中につくられた死の収容所として世界的に有名になりましたが、フランクル一家はそこに収容され、戦後、彼一人が奇蹟の生還をします。

彼は収容所にいる間に、その間の出来事を小さなメモ帳などにびっしり書きつけ、靴の底やいろんなところに隠して持ち帰り、それらの資料を整理して、一冊のレポートを書きました。

これは本当になんとも言えない記録なんですが、さりげなく書かれているところで人を非常に感動させる部分があります。

極限の中を生き抜ける人とは

アウシュビッツでは一説によると四〇〇万人のユダヤ人が犠牲になったと言われていますが、そういう極限状態の中で、自殺をしたり、反抗して射殺されたり、あるいは栄養失調で死んだりせずに最後まで生き延びた人間――、地獄よりももっとひどいと思われる極限状態の中で生き延びたのはどういう人々かという考察があるんです。

彼によると、それは体が丈夫な人とか、強い意志を持った人には限らなかったというのです。

私たちは、強い信仰を持った人、強い意志の力を持った人、最後まで希望を捨てなかった人、思想的に深い信念を持った人というふうに考えがちですが、必ずしもそれだけではないとフランクルは語っています。

強制労働で外へ連れ出されて、死んだ人たちを埋めるためにスコップで穴を掘っている。そのうちに日が暮れてきて、栄養失調の体は凍えそうに寒い。そんなとき、林の向こうに真っ赤な大きな夕日が今にも沈んでいこうとする。それを見た瞬間、スコップの手を休めて、「おーい、見ろよ、なんてすばらしい夕日じゃないか」というようなことを言う人。そして同じように、仕事の手をとめて、「ああ、本当にきれいだな」というようなことを言える人。そんな人が極限状態の中で、比較的生き延びたというのです。

「夕日がどうした。自分たちはあしたはガス室に送られるかもしれないんだ」と言って、そういう自然の美しさとか、夕日が沈んでいくさまに全然心を動かすことのなかった人たちの方がむしろ先に死んでいった。

あるいはまた、水たまりを越えていくとき、水たまりに映った木の枝や風景に感動して、その水たまりをのぞき込むようなタイプの人たちが生き延びたというのです。

夜中に、狭いところに押し込まれて、枯れ木のようにみんなが重なり合って寝ている。栄養失調で、一日に一碗のスープだけで生きている体を、ちょっとでも動かしてエネルギーをむだに使っちゃいけないと、寝返りさえしない。
また別な体験記にでてくる話ですが、そんな中で、ふと遠くからアコーディオンの音が聞こえてくるような気がする。あの曲は昔ウィーンで流行《はや》ったコンチネンタル・タンゴじゃないかしらと、起き上がって壁に耳を押しつけ、その音楽に聴きほれる、そんなタイプの人たち――。そういう心持ちの人たちの方が生き延びる可能性が高かったとも言っています。

こういうことを読みますと、人間に生きる力を与えてくれるもの、それは大きな輝かしいものであると同時に、私たちが日常どうでもいいことのように思っている小さなこと、たとえば、自然に感動するとか、夕日の美しさに見とれるとか、あるいはあの歌は懐かしいなと言って、そのメロディを口ずさむというような、私たちが日常なにげなくやっている生活のアクセサリーのようなことが、実は人間を強く支えてくれることもあり得るということなのです。

たとえば、俳句をつくる人がいます。俳句をつくると、いやでも周りの自然を見る目、感覚が鋭くなってきます。収容所の中で、もしも俳句をつくることを続けられる人がいたら、その人はほかの人より強いかもしれない。あるいは、音楽が好きで、疲れ切っていても、口笛で何かのメロディを吹く人の方が、ひょっとしたら強く生きられるかもしれない。

俳句をつくる、ピアノを弾《ひ》く、生花をいける。こうした、普段は単なるお稽古事とか趣味だと思っている日常的な小さなことも、アウシュビッツのような極限の中で、人間の生きていく力を支えるために大きな力となるんだということを、フランクルの本は私たちに教えてくれている気がします。

アウシュビッツと音楽

一方、これとは対照的な本ですが、ルネ・クーディーという人が、シモン・ラックスというユダヤ人の友人と二人で書いた『死の国の音楽隊』という本があります。日本では音楽之友社から『アウシュヴィッツの音楽隊』という題名でも出版されています。

音楽家であったルネ・クーディーたちも、やはりユダヤ人だったためアウシュビッツに送られます。いつ殺されるかわからない日々を送っていたある日、彼らは、全収容所の中からプロのミュージシャンや楽器が演奏できる人だけを抜擢《ばってき》してつくられたアウシュビッツ収容所の音楽隊の一員に選ばれます。彼らは一室に集められ、ろくな楽器はなかったのですが、いろんな楽器を持ち寄って、手書きの譜面を集めて、練習を重ねます。ガラス窓の外には、黙々とガス室へ連れられていく自分たちの仲間の姿が通り過ぎていく。その影絵のような姿をバックに、一生懸命アウシュビッツで生きるために音楽をやるんです。

朝は、起床の音楽を、体操のときには体操の音楽を、そして労働のときにはみんなの士気を鼓舞《こぶ》する音楽を……。土曜と日曜には――ここが大事なんですが――ドイツ人高官や非常に高い地位の将校、収容所の偉い士官とかその家族のための週末のコンサートをやるんです。

モーツァルトとか、バッハとかいろんな音楽を演奏するんですが、昼間はガス室で何万人という人を殺戮《さつりく》し、ブルドーザーでその死体を埋めている人たちが、土曜の夜になると、コンサートホールに集まって、アウシュビッツのユダヤ人たちの演奏する音楽に本当に感動して、涙を流して聴き入るのです。

この本が出版されることになったとき、序文を書くよう依頼されたフランスの有名な文学者ジョルジュ・デュアメルは、いったんは断ろうとしますが、引き受けて、あえてこう書きました。

自分はこれまで荒廃した人間文明の中で、ただひとつ、音楽こそ、清らかに生きている人間の魂の隠れ場所のように思っていた。けれども、この本を読むと、昼間は血に汚れた手で、何万というユダヤ人の命を奪い、そして夜は、洋服を着替えて、ユダヤ人の楽隊の演奏する音楽に涙して、感動するドイツ将校たちの姿が描かれている。

これまで自分は、音楽とは、美しい魂の持ち主だけを感動させるものだと信じていた。そして、自分を支えてきた。だが、血に染まった手をポケットに隠して感動できるモーツァルト、そんなものがあるんだったらもう自分はクラシック音楽さえ信じない――。
そんな非常にペシミスティックな、極端な序文を書いたのです。

「青い鳥」は自分でつくり出すもの

このように、フランクルは絵を描くこと、音楽を愛すること、日常生活のちょっとしたことを大切にすること、もちろん、クラシック音楽なんかを心から愛することは人間の支えになる、と証明しているのですが、もう一冊の本、『死の国の音楽隊』は、そういうものさえ無力である世界があると言っています。

こうなってきますと、私たちはそこで迷わざるを得ない。一体どういうふうに生きていけばいいのか。

人間、一つのことで、それさえつかめば大きな力になるというものはなかなかないものだと思います。

メーテルリンクの『青い鳥』というお話がありますね。

青い鳥というのはそれをとってくれば幸せがやってくるスーパーバードのように言われていますが、あれを読んだ人は最後になってびっくりすると思います。

せっかく見つけた青い鳥——自分たちの部屋の中、日常の片隅にあった青い鳥は、かごから出して手に握ろうとした瞬間に飛び去ってしまう。つまり、あの本は実は、〈青い鳥は逃げていく〉という絶望的で悲観的な物語なんです。

人間は夢を追って、青い鳥を探し、幾《いく》山河を越え、そしてさまざまな苦難や失敗の後に、ようやく、幸福の青い鳥などというものは、自分たちの身近なつつましい生活の中にあるんだということに気づくときがくる。でも、気づいたときにはもう遅いのだというお話なんです。

メーテルリンクは、非常に正直に、世の中にはそんな絵に描いたようないいことばかりはないんだ、人生にはなんとも言えない辛《つら》いこともある、そして、青い鳥のように、それだけをつかまえればすべてうまくいくというようなものは世の中にはないのだ、人間は青い鳥を見失った後、自分の手で一人一人の青い鳥をつくらなければならないんだよと教えようとしていたのかなと思ったりします。

一粒のライ麦の根が、どれだけ長いか

アメリカのアイオワ州立大学で、ディットマーという生物学者がおもしろい実験をしています。

小さな四角い箱をつくって、その箱の中に砂を入れて、一粒のライ麦をそこで育てます。水をやりながら、四カ月育てると、ちっちゃな四角い箱の砂と水だけの世界の中から、ライ麦の苗が育ってくるんです。もちろん、色つやも悪いし、実もたくさんついてはいない。

その後で、箱を壊して、きれいに砂をふるい落としていく。そして、それだけのひょろひょろとしたライ麦の苗が四カ月育つために、一体どれだけの根が

土の中に張りめぐらされているかを物理的に計量するんです。

目に見える根はもちろん、根毛《こんもう》という目に見えない産毛《うぶげ》のような根も全部顕微鏡で計測して、四カ月間に育った一本のライ麦の三〇センチ四方の箱の中に張りめぐらされていた根の長さを全部足し合わせますと、なんと約一万一二〇〇キロメートルになったという報告が出ています。たった一本の苗がひょろっとした命を支えるために、一万キロメートル以上の根を砂の中の隅々まで張りめぐらして、そこから必死の思いで水分や、鉄分、カリ分、燐酸《りんさん》などを吸い上げながら、命を支えている。生きてあるということは、実はそれだけの目に見えない力によって支えられているということを改めて感じさせるすごいレポートだと思います。

私たちは漫然《まんぜん》と、生きているつもりでいます。中には、すばらしい仕事をなし遂げて、きらきら輝く人もいれば、そうでない人もいる。一生を刑務所の塀の中で過ごすような不幸な人もいます。けれど、私たちのこの一つの命も、ライ麦の一万キロメートルもの根のような、目に見えない力によって支えられているはずなんです。それはきっと、一本の貧弱な、実もたくさんついていないようなライ麦と比べて、何千倍どころか、何万倍という大きさなんです。しかも、人間は四カ月どころでなくて、二十年生き、五十年生き、八十年生きる。私たちのこの体を支えてくれている、全宇宙に張りめぐらされたこの命を支えてくれている根の広さ、大きさというものを考えると、もう気を失うような感じがします。

生きている、それだけで奇蹟

私たちは、物理的に水分が必要です。ビタミンも必要です。食物を摂《と》らなければなりません。ほかの弱い生物たちを犠牲にして、私たちは植物を食べ、動物を食べます。空気も必要、水も必要、太陽の光も必要、熱も必要、石油も必要、ありとあらゆるものを寄せ集めて、私たちはやっと生きている。

それだけじゃなくて、私たちは精神的な存在ですから、生きていくためには、物だけでなくて、希望とか、勇気とか、信念とか、信仰とか、いろいろなものが必要です。一番必要な、愛というものもあります。そういうこと全部を私たちは、オギャーッと生まれたその日から、無意識のうちに、延々と目に見えないこの全宇宙、全地球上、全地下にまで張りめぐらしたその根から汲《く》み取りながら生きているわけですね。

その壮大な背景を考えてみますと、軽々しく、〈生かされている自分〉などと言えないことに気がつきます。人間というのは、生きているつもりでいても、自分だけで生きているのではない。一個の人間として生きるために、自分の気がつかないところで大きなエネルギーが消費されながら、私たちはきょう一日を生き、あす一日生き、あさって一日生きていくのです。そう思えば、自分の命を自分の意志で放棄《ほうき》することなんかとてもできない。それはすごくわがままで、勝手なことなのかもしれないなと思えてきます。

自分で死を選ぶ人たちに対しては酷《こく》な言い方かもしれませんが、生きたくても生きていけない人たちがいる。そして、不自由を堪《た》え忍びながら、ハンディキャップをはねのけながら、必死で生きている人たちもいるのです。

人間はだれしも充実した人生を送り、世のため、人のために尽くし、そして輝く星のように生きたい、それが望ましいことなのでしょうが、現実にはピラミッドの真ん中から下に生きる人たちの方が多いのです。

しかし、平凡に生きる人も、失敗を重ねて生きる人も、世間の偏見に包まれて生きる人も、生きていることにまず価値があり、どのように生きたかなどは二番目、三番目に考えていいことなのではないでしょうか。

私たちは生きているだけで価値がある存在なのです。生きるというそれだけで、戦っているのであり、自然と融和しているのであり、たくさんのものに支えられて奇蹟的に生きているのです。

目に見えない、大きなちからこそ

一本のライ麦の根を振り返ってみるとき、弱々しい一本の苗が一万キロ以上の根を張りめぐらして、やっとその生命を支えている。そのライ麦に対して、おまえ、実が少ししかついていないじゃないかとか、色が余りよくないじゃないかとか、丈《たけ》が少し低いじゃないかとか、そんなことを言う気は全くありません。

ましてや、人間というものを一番根底のところから考えれば、私たちは憂うつな日々の中で、自分を励まし励まし生きていかなければならないのです。

私たちは日々悩みながら、迷いながら、そして、迷い悩む中で、ちょっとしたことに励まされながら生きている。きょうは大したことのように思えたことが、あしたは何でもない、つまらないことに思えるというふうな変遷《へんせん》を繰り返しながら、生きていくのです。一つのものだけを求めるのは無理があります。

小さなこと、たとえば、西の空に沈んでいく夕日、あるいは冬空に風に吹かれて揺れている枯れ木の枝、夜中に遠くから聞こえてくるアコーディオンの月並みなメロディ、そういうことを全部ひっくるめて、私たちは、ライ麦が砂の中に張りめぐらされた根からエネルギーを吸収していくようにさまざまなものを吸収しながら、この命を支えてきている。

こんなふうに考えますと、これほど繊細で、これほど気の遠くなるような努力と気の遠くなるようなさまざまな奇蹟的なことによって、きょう一日生きているのだと感じます。

その命のけなげさというものを思うとき、自分を尊敬する、というのはおかしいですけれども、感動しないではいられません。

そして、そういう存在を与えてくれる大きなものへの感動が、自ずと生まれてくるのを感じざるを得ないのです。

第三章

風土と人間、そして歌

——時代を生き抜くちから

よそ者だから興味を持つ

私は、かつて金沢に住んでいたことがあり、今でも再三再四、金沢を訪れています。

講演などでも金沢についていろんな話をすることが多いのですが、これは金沢に生まれ育った方よりももっと熱烈に、金沢に興味を持って、一生懸命調べてみたり、歩き回ってみたりしているからかもしれませんね。

よそ者だから、そういうふうに熱心に興味を持つのです。生まれ育って、それが目の前にあったら、そんなに不思議とも珍しいとも思わないのではないでしょうか。

東京に住んでいますと、山の手の人は、浅草なんて行ったことがないという人が多い。また、浅草の人は、新宿なんてあんな田舎《いなか》へは行かないと言いますし、東京タワーに上ったことのない人もたくさんいます。私たちの世代は最初に東京へ行きますと、はとバスに乗って、東京タワーから吉原まで全部回ります。ですから漠然とではありますが、東京の全体を知っているんです。

つまり、よそから来た人間が、新しい感動でもって、その土地の皆さんがふだん見なれていて、気づかない魅力や、おもしろさに気づく例がたくさんあるんです。

江戸趣味に魅せられた作家たち

東京を、明治の頃はトウケイと言ったそうですが、昔はお江戸ですね。江戸の魅力を描き、人々に教え、そのすばらしさを江戸の人たちに再認識させたのは、比較的地方から来た人が多いというのもおもしろい現象です。泉《いずみ》鏡花《きようか》もそうです。湯島天神には、鏡花の筆塚《ふでづか》が今でも残っていますが、鏡花のお母さんは東京の人なんですが、彼自身は金沢生まれです。

彼は東京へ出て、江戸の好みというか、趣味にどっぷりつかって、下町好みと言いますか、奥さんにまでそういう格好をさせて、煙管《キセル》をくわえて、長火鉢の前に座るという生活をして、江戸の魅力をたくさん発表して、人々に教えた人でもあります。

鏡花の本の装丁《そうてい》をやったり、鏡花のお芝居の舞台装置をやったりした美術家に小村雪岱《こむらせったい》という人がいます。大変有名な人で、歴史に残る舞台美術家であり、装丁家でもありました。泉鏡花の作品もたくさん雪岱によって装丁されています。小村雪岱は、余りに見事に新派の世界や江戸の情緒、隅田川の川っぷちの風景などをつくっていくものですから、亡くなるまで、みんな江戸っ子だと思っていたようですが、実際は埼玉の生まれらしい。

また、あいつは江戸っ子じゃないとか、江戸風じゃないとか、野暮《やぼ》だとか、しきりに人々を非難して、江戸風を吹かせて、まわりから恐れられた評論家に、斎藤緑雨《りよくう》という人がいます。大変貧乏だったので「筆は一本、箸は二本」という有名な言葉を吐いた人ですけれども、正直正太夫《しようじきしようだゆう》というペンネームで、しゃべり方から身のこなし、つき合い方まで江戸風に振る舞って、書くものもそうですが、江戸っ子を上回るような江戸趣味の中で生きた人でした。樋口一葉《いちよう》の最期をみとったのもこの人です。

この斎藤緑雨も、お母さんはたしか東京だと思いますが、彼自身は三重県の鈴鹿市の生まれです。鈴鹿の生家跡に行きまして、斎藤緑雨はこんなに草深い、〝坂は照る照る　鈴鹿は曇る〟なんて馬子唄《まごうた》の聞こえるようなところで育ったのかと、意外な気がしました。江戸趣味、江戸風におぼれて、そして江戸の魅力を喧伝《けんでん》したという点においては、なかなか有名な人です。

コーヒーをツケで飲めた金沢

そういうふうに見ていきますと、一つの都市に、あるいは町とか村にずっと住みついている人々と、その中によそから流れ込んでくる人々と、その両方がうまく絡《から》み合って、生き生きした都会の魅力、あるいは町の魅力、村の魅力がつくり出されるのかもしれません。朝から晩まで、生まれたときから目の前にあったら、別に珍しいともなんとも思わないでしょうが、たまたまその町に流れ着いた人にとってみると、心が震えるほどすばらしいことはたくさんあるに違いない。

金沢なんかそうなんですね。私は、いろんなことで感激もしましたし、驚きもしましたし、あきれもしました。でも、金沢での数年間というものは、一生心から消えないほど強い印象を残しています。

これは余談ですけれども、金沢の日々の中で、いまだに思い出しては苦笑するのは、「あとで」と言って、すぐにはお金を受け取らない店が多かったことです。どうして、お金を取らないのだろうと不思議に思っていましたら、金沢を引っ越して横浜に移るときに、クリーニング屋さんが二年分の集金に来たので、びっくりしたことがありました。ちゃんと取ることは取るんですね。

昭和二十八年（一九五三）でしたが、初めて、香林坊《こうりんぼう》にある劇場の喫茶店に行ったとき、そこへ来たお客さんたちが、みんな「じゃあ」とか「何とかのだれそれだ」とか言って、さっと出て行くんです。おかしなところだなと思って訊《き》いてみたら、みんなツケなんです。コーヒーをツケる、そんな町は珍しいですよ。

その後、小立野《こだつの》というところに住むようになったので、その店に行って、「これ、ツケといていいかい」と言いましたら、「どちらさん？」と訊かれたので、「小立野の五木や」と答えたんです。

そうしたら、大きな電話帳みたいなものをカウンターの下から出して、パラパラッとめくって、「あっ、わかった。東山荘の五木さんね。はい、刑務所裏の五木さん」と言われて、見事にツケでコーヒーを飲むことができました。そのとき、なにか一人前の金沢人になったような気がした喜びを、きのうのことのように思い出します。

「江差追分《えさしおいわけ》」と「津軽じょんがら」

風土と人間というのはすごく深く結びついている感じがしますが、同じように風土と歌も切っても切れないものだと思います。

昔、北海道の江差という町に行ったことがあるのですが、そのとき、非常に驚いたのは、「江差追分」が町じゅうで歌われていたことでした。追分の道場が六つあり、柔道の道場のように立派な道場もあって、「江差追分道場」という看板がかかっています。そこへ行って、追分を習うわけです。そして、年に一度、江差追分の大会があって、ブラジルとかモンゴルとか、ドイツからも追分のファンが参加する。町には追分の名人がいて、道場の主ともなると、そりゃもう大したもので、全国にいる江差追分のファンの人たちから見ると、雲の上の存在と言っていいような偉い先生方らしいのです。

稽古の風景を見ても、本当に厳格で、びっくりしました。ここは何秒、ここの息継ぎはこれだけ、全体を何分何秒でぴったりで歌い切らなきゃいけないというぐらい、ぎゅうぎゅう締めつけられる厳しい規則があるのです。

江差追分の大会の予選を見ていましたら、次々に出てくる人たちが同じ歌を歌います。出てきた人が歌い始めて、ちょっとしたところで一呼吸狂ったりすると、会場いっぱいのお客さんたちが、はあっとため息をついて、がやがやがやがや、中にはたばこを喫《す》い出す人もいる。舞台に立っている人は本当にかわいそうです。ほんの一呼吸、一つのリズムだけでも違ったら、みんなが聴いてくれないぐらい厳格な歌なんですね。これには驚きました。

それがいいことか悪いことか。私は、余りきちきちした規則に縛られていることはよくないんじゃないかと思っていまして、あるとき、直木賞作家で津軽出身の長部《おさべ》日出雄さんに、「津軽じょんがらはどうですか」と訊いたことがありました。

するど、長部さんは、

「津軽じょんがらはアドリブが大事だ。じょんがらを同じ節《ふし》で、同じように弾《ひ》いて、同じように歌っても、だれも感心してくれない。じょんがらの大会のときには、前に出た人と違うことをやらなければ聴いてくれない。創造的な独自のユニークな曲づくりというか、そういう即興性が大事なのであって、一人一人が自分の個性を嫌というほど主張するところにじょんがらの味がある。そうしないと、受け入れてもらえないんですよ」

と言われたので、

「その方がいいな。江差追分は有名な歌だけれども、何分何秒というところまできっちり規則で決められていて、あれは窮屈でいけない。じょんがらの方がすごく人間的でいいよね」

と言ったら、長部さんは腕組みをしてしばらく考えていましたが、「いや、そうとも言えないような気がしますね」と言われたんです。「えっ、どうして」と訊きましたら、

「五木さんは、何十人という人が大会で歌われる歌をお聴きになったでしょう」

「ええ、聞きました」

「全部同じでしたか」

「そりゃ違いますよ。十六の娘っ子もいるし、六十歳ぐらいの赤銅色《しゃくどういろ》に焼けた漁師もいるし、野太い声の人もいるし、繊細な声の人もいるし、みんな違いますよ」

「そうでしょう。何分何秒というぐらい厳格な枠があって、節の上げ下げから息の継ぎ方まで細かく決まっていても、百人の人が歌えば、その厳しい規則をきっちり守っていても、一人一人みんな違う。そっちの方がおもしろくないですか。自由奔放に即興性を生かして歌っていいと言われるよりも、厳しい規則

の中で個性が自ずからそこににじみ出る方が、僕はひょっとしたらおもしろいんじゃないかと思いますね」

長部さんがそう言われたので、なるほど、そういう考え方もあるなと思いました。

創造というもの、伝統というもの

能や歌舞伎を見ていますと、オリジナル、すなわち独創、創造性と、伝統、あるいは形式美という二つの存在の中で、好き勝手にやっていい、全く新しいものを自由につくっていいんだというおもしろさもあれば、先輩から教え継がれてきた型というものをきっちり守り続けながら、しかも否応なしにその型を演じる人間の個性がにじみ出る、これもおもしろいことだなと思います。古典とか伝統の中に形式というのがあるのは、そういうことではないかと思ったりします。

教育に関しても自由放任で好きにした方が、個性が発揮されていいという説もあります。

私たちが小学生の頃は戦争中でしたから、軍国教育の真っ最中で、子供なのにゲートルを巻いて、国民服を着せられて、戦闘帽をかぶっていました。戦闘帽をかぶっているんですが、全部かぶり方が違う。小生意気《こなまいき》に真ん中をくぼめているやつがいるかと思うと、嫌というくらい洗って、白いところが出ている、今でいうジーパンの洗い晒《ざら》しのようにしてかぶっているやつがいる。同じ服を着て、同じ色の格好をさせられていても、個性はやっぱり出るんだな、軍服にも着こなしがあったなということを改めて感じて、そのことを考えました。果たして自由にするのがいいのか、それとも形式で縛るのがいいのか。縛った中でにじみ出てくる個性、いや応なしに出てくる個性、そういうものが大事なのかもしれないというふうに思ったりします。

風土がつくりあげる個性

ファドというポルトガルの国民的な歌謡があります。世界的にたくさんのファンがいますが、月田秀子さんはアマリア・ロドリゲスの影響を受けて、ポルトガルにもたびたび行かれて、本当のファドの魂を会得《えとく》してこられた方です。それでも日本人の月田さんが歌うと、やっぱり日本人のファドになる。そして、それでいいんだ、その方がいいんだと思います。

長嶺ヤス子さんというフラメンコダンサーがいます。彼女は、スペインでジプシー（現在はロマ）の踊り手さんたちにも尊敬されるぐらい、偉大なフラメンコダンサーだったのですが、いつの間にか靴を脱いで踊り始めた。これは伝統に反することなんです。靴を脱いで、はだしで踊るというのは、フラメンコダンサーとしては考えられないことなんです。

しかし、私は、長嶺さんの踊りを見ていて、もしかしたらジプシーも――彼らはジプシーとは言いません。ロマ（人間）という言葉を使ったりしますが、そういう人たちが北インドから出てきて、インドからずっと移動してきて、エジプトを経《へ》てヨーロッパに来るときに、エジプシャンという言葉がなまってジプシーと言われるようになったという説もあります――、太古のころにははだしで踊っていたのかもしれないなと思ったりします。インドのケーララ地方にはカタカリダンスというのがあって、カタカリダンスのメーキャップが歌舞伎のメーキャップと一緒だとか、歌舞伎の源流だとか、いろいろ説がありますが、オリジナルというものは、根のところをずっと掘っていくと、どこに行き着くかわからない。

私は、長嶺ヤス子さんという福島県会津若松出身の人がフラメンコを踊れば、会津で育った日本人が踊るフラメンコになった方がいいという考え方なんです。

音楽と風土との強いつながり

いつだったかミュージシャンの内田裕也さんと話をしていたら、「ニューヨークに琵琶《びわ》を持っていったら割れた、それだけ空気が乾燥している」と言う。また、かつてバイエルンで聴いた日本のオーケストラが、ものすごく感動的なすばらしい演奏で、日本のオーケストラはこんなにいい音を出すのかと驚き、そのことを言ったところ、「これが東京に行くと、湿度の関係からなのか、こうはいかないんですよ」とも言っていました。

和辻哲郎も『風土』という本で詳しく書いていますが、そんなふうに、一つの音楽と風土はいや応なしに結びついているものなんです。

井上靖さんと一緒にドイツへ行ったときに、ハンブルクに聖ヤコビ教会という古い教会がありました。その教会のパイプオルガンは、北ヨーロッパ最大というう立派なものです。聖ヤコビ教会はレンガでつくってある高いゴシック風の建物ですけれども、中に入ると、神父さんが端《はじ》の方で小声で説明している声が二階の端っこの席にいても聞こえるんです。マイクも何も使わないのに、館内の反響と言いますか、音の操作が見事にできているわけです。

これは本当にすばらしいと思いました。おそらくあの時代に、教会内に座って、ハイドンとかバッハとか、パイプオルガンの演奏を聴いた人たちは、心臓とか皮膚とか、体が震えたと思います。それくらいの音量なんです。ロックコンサートなどで、ものすごく大きなPA（パブリック・アドレス＝音響機器）でびんびん響くことがありますが、あれ以上の大きな音量でパイプオルガンの音が響いてくるのです。

それもそのはず、パイプオルガンが教会の建築の中にしっかり組み込まれているんですね。ギターで言えば胴にあたる部分が、教会の建物なのです。そこで、パイプオルガンの演奏家が教会音楽を演奏すると、教会全体が共鳴して、その中にいる人たちまで振動させる。

おそらく百雷《ひゃくらい》が崩れてくるような音の洪水の中で、信仰というものの肉体的なめまいを人々は感じたのではないかと思いました。

ＮＨＫホールにはすばらしいパイプオルガンがあります。ドイツから持ってきたらしいのですが、パイプオルガンだけを持ってきていいのだろうか。といって、教会ごと持ってくるわけにはいきません。教会を持ってきても、教会と一緒に街まで持ってくるわけにはいかない。やっぱり私たちは風土というものの中でがんじがらめにされながら生きているんだなというふうに思います。

水澄めば顔を洗う、濁れば足を洗う

毎日、新聞を見ていて、腹が立つというか、情ないというか、やり切れない感じがしますね。一流の企業がこんなことをやっている。政府もやっている。なんという世の中だ、年をとって先が短くてよかったとつくづく思いますが、「水澄めば顔を洗う　濁れば足を洗う」。この歌には、この世の中は濁り切っていると思ったときに、どう対処するかのヒントがあります。

その背景は省《はぶ》きますが、昔々、中国に屈原《くつげん》という非常に一途《いちず》な男がいました。屈原は、清廉潔白《せいれんけつぱく》で、一生懸命正直に生きていることを自負してきた人ですが、讒訴《ざんそ》されて、自分の責任でないのに左遷《させん》され、とんでもない僻地《へきち》に追いやられます。

彼はある日、ある川の流れの傍《かたわ》らで、ひざをたたきながら悲憤慷慨《ひふんこうがい》して、大きな声で悔しがっている。

そこへ船に乗って、一人の漁師がやってきます。

「もしもしだんなさん、あなたはさっきからなんでそんなにひざをたたいて、悲憤慷慨なさっているんですか」と訊きますと、屈原はこんなことを言った。

「世皆濁りて、我一人醒《さ》む」

世間はみんな濁り切って、腐り切ってしまって、自分だけが清らかに正直に生きていると。

「世人皆酔いて、我一人醒む」

世の中の人はみんな酒に酔っぱらってしまって、自分だけがしらふなんだ、そのことが情けなくて嘆いているんだと。

すると、漁師はからからと笑って、船端をたたいてリズムをとって、歌いながら去っていくのです。そのときに歌った歌というのが、こんな歌です。

「滄浪《そうろう》の水澄めば、冠《かんむり》のひもを洗うに足《た》る。滄浪の水濁らば、足を洗うに足る」

その後にまだ言葉はあるのですが、そう歌いながら漁師は去っていきます。

おまえさんは、世の中が濁っている、濁っていると悲憤慷慨しているけれども、滄浪の水は清らかなときもあれば、濁るときもある。世の中もそういうものである。この滄浪という大きな川の水がきれいで澄んでいるときには、自分の冠のひもをほどいて洗えばよいではないか。

もっと言えば、顔を洗うこともできるではないか。もし雨が降って、川が増水して、滄浪の水が濁って真っ黄色なときでも、汚れた足を洗うくらいのことはできるではないか。そんなに泣いたりわめいたりせずに、もっと悠々と余裕を持って生きなさいと、こういうことを言っているんでしょうね。

滄狼の水澄めば顔を洗うに足る
滄浪の水濁らば足を洗うに足る

今はどういう時代かというと、足を洗って水虫を治す時代かもしれません。今の時代を見て、皆さんの心中を察するに余りあります。

どんな方でも、ああ、ああという深いため息が出てくるような時代ですけれども、投げやりになったり、屈原のようにひざをたたいて、ただただ慨嘆《がいたん》するだけでなく、ある程度ゆとりを持って、水が清く澄んでいるときは、顔でも洗ったり、白い服でも洗いましょう。水が濁っても、汚れた足を洗うぐらいのことはできるわ――と。

こういう気持ちで生きなければ、とてもこれから先の二十一世紀を生き抜いていけないような気がします。

第四章　免疫のおしえ

——何がいのちを決定するのか

科学一辺倒主義が招いたもの

最近、新聞を見ても、テレビを見ても、やれやれ、どういうことなんだ、なんという世の中なんだろうと感じない日はありません。どこかで焼死体が見つかったとか、子供が殺されたとかいうニュースばかり耳にしていますと、なぜこうなんだろうといろいろ考えるのですが、それはやはり、人間の命に対する感じ方が鈍くなっているからじゃないかと思います。なぜなのか。

理由はいろいろあると思いますが、その一つに、科学とか、合理主義とか、あるいは経済性とか、そういうことを専一《せんいつ》にして、物が豊かになれば文化は後からついてくるという感じでやってきた戦後日本の歴史の決算がそこにあるような感じがしないでもありません。

物事を科学的に判断する。効率で判断する。数字に置きかえる。つまり、今の言葉で言えば、何でもデジタル化してしまう。人間というのは、そういうものではなくて、非常に曖昧模糊《あいまいもこ》、混沌《こんとん》としたもので、そんな数字ではとらえることができないのにもかかわらず、統計学的に処理していく。あるいは、科学的に人間の命というものを決めていく——。

科学的に人間の命を決めると言いますと、かつて国会で脳死の問題がいろいろ言われましたが、結局、脳死は人間の死である（注：臓器提供者に限る）というふうに政治的に解決されました。

脳死は人間の死であると、国会が決める。法律が決める。そういうことなんですけれども、人間の死というものはそういうふうに一片《いっぺん》の法令とか、あるいは政治家たちに任せて、決めてもらえるものではありません。

もっともっと、十年あるいは二十年、医者と科学者と政治家が決めるのではなくて、いろんな方たちが集まって、そして人々の声も聞き、民族性とか、国民の感情とかというものも考慮に入れながら、もうちょっと慎重に対処すべきではないかなという気がしてなりません。

医学というものは、人間が幸せだなと感じて生きていけるためにあるのですから。

人間の死は時間をかけて完成する

私は、脳死の判定に反対だとか、脳死を人間の死と認めることに反対ということではないのです。

そういうことではないのですが、ある人が言った言葉がずっと頭に残っているのです。それは、人間の死というものは、時間をかけて完成するんだということです。

これまで人間の死というものは、呼吸の停止と心臓の停止と瞳孔《どうこう》の反応の消滅、この三つでもって、一応みんなが承認していました。

しかし、その後にお葬式がある、告別式がある、そして四十九日がある。それらを通じて、人間の死が家族にも肉親にも社会的にも認知されていくものだという考え方が出てきています。

人間は生まれるために十月十日かかる、人間が死ぬためにも十カ月はかかるとその人は言っていましたけれども、なるほどそういう考え方があるのかもしれないなというふうに思います。

人間はいきなり息絶えたときに死ぬのではなくて、その人間が社会的人間、家族の一員として生きていた以上、その記憶とともに、生まれてくるのと同じくらいの時間がかかって、この世から去っていくのではないかというふうに考えたりもします。脳死というのは、その点で非常に明確に脳の活動がとまった瞬間に、人間の死と判定する。これにはちょっと納得のいかないところがないでもありません。

その一端をお話ししてみたいと思います。

宗教の領域へ越境してきた科学

大佛次郎《おさらぎじろう》賞という賞があります。大佛次郎という人は、『鞍馬天狗《くらまてんぐ》』などのおもしろい小説も書きましたが、ドキュメンタリーの小説も書き、時代小説も書き、明治期が舞台の『霧笛《むてき》』という小説も書いている、非常にすぐれた文学者です。この人を記念して、大佛次郎賞というのが設定されているのですが、第二〇回は思いがけない方が受賞されました。

医学博士の多田富雄さんという方なのですが、大佛次郎賞は文芸の賞であるにもかかわらず、医学者である多田さんが受賞された。その受賞された作品の題名は『免疫の意味論』（青土社）と言いますが、免疫という言葉はともかく、その「意味」を追究したという点で、非常にユニークだった。選考委員の方たちも、宗教的、文芸的感動を覚えたということなんじゃないかと思います。

多田富雄さんは、世界でも指折りの第一線の免疫学者なんですが、免疫というものが学として確立されて、ジャーナリスティックな関心を集め出して日が浅いころでした。『免疫の意味論』の大佛次郎賞受賞は平成五年（一九九三）ですが、それはまさしく、免疫という分野が医学界の中心の課題になってきたことをあらわしています。心臓よりも、ひょっとしたら脳よりも、もっとおもしろいものではないかと内外の注目を集めてきた。

多田さんがおやりになったのは、まさに大胆なことです。つまり、科学者のすべきことは、いかにしてそのようなことが起こるかを冷静に追究することで、デカルト以来、ずっと守備範囲が決められてきたんですね。

「どのようにして地球は自転するか」を問うのは、科学者の仕事であるが、「なぜ地球が自転するのか」「だれが地球を自転させているのか」というのは、神学の問題になります。デカルトは、そこのところを、意味を追究するよりも、プロセスを追究するのが科学であるときちっと分けた。それによって近代科学というのはものすごく進んできたわけです。科学は意味を問わないというのが科学の常識であり、ルールであったんです。

ところが、多田さんのお書きになった本は、〈なぜ〉ということを問う。それはいわば宗教の領域であり、神の領域であり、そういうところまで科学というものが侵入してきた。あるいは越境してきたと言っていいと思います。

なぜ。人間はなぜ——。

神はイスラム教やユダヤ教、キリスト教でもある。すべての事象はそういう絶対の神というものの意志に従って起こるというふうに考えられるけれども、科学者の立場から、そこを越えて、なぜという問いを発し、それは人間にとってどういう意味を持つのか、世界にとって何の意味があるのかというところまで、大胆不敵に越境してしまった。

これはもうデカルトから言わせれば、不法越境にあたると思いますが、今まさに科学というものは、科学の先端の先端のところへ立つと、いつの間にか互いの領域を越境してしまうというところまで来ている時代なんです。

免疫機能をつかさどる臓器とは

多田富雄さんは、宗教づくとか、神秘がかるとかいうことではなくて、本当に謙虚に、科学者として免疫というものを追究していって、実に不思議な現象に立ち至るんです。

人間の免疫の機能をつかさどる、非常に大事な役割をする器官のひとつが胸腺《きょうせん》です。チムスと言います。

フランス料理なんかでは、子牛の胸腺焼きというのがありますが、人間の胸の前面、ちょうど心臓の裏側あたりにメッシュ状に広がっている組織があって、それを胸腺と言います。

この胸腺は、免疫の中で非常に大きな働きをする場所なんですが、十代の前半で一番大きくなって、三五グラムに達すると言われます。そして、それは次第次第に、人間が歳《とし》を重ねていくにつれて退化していき、四十代で約半分に、六十代で約四分の一になり、七十代では六分の一、八十代になると、脂肪化して、痕跡《こんせき》が残るだけというふうになるのだそうです。

胸腺はギリシャ時代から発見されていたわけですが、胸腺の意味についてはほとんどわかっていなかった。つまり、何の役割をしているかはずっとわからなかったんです。胸腺が初めて医学界で意味を問われたのは、一九六〇年代だと言われています。

一九六〇年代というのは、月を目指してアメリカが宇宙へ挑戦した時代ですけれども、未知なる世界への挑戦というものが、ものすごく大きく吹き荒れた時期でもありました。

ヒッピーカルチャーというものもありましたし、一九五三年のことですがワトソンとクリックの遺伝子の二重らせん構造の発見という、世紀の大発見もこの頃に起こっています。

それに匹敵する胸腺という組織が、何の役を務めているのかということが、紀元前の五世紀ぐらいから六〇年代まではっきりしなかったというのも、実に不思議なことです。ようやくそのころになって、胸腺というのが人間の免疫という働きに大事な役割をしていることがわかったわけです。

免疫は「自己とは何か」を知っている

よく免疫力があるかないかという言い方をしますね。

種痘《しゅとう》などが一番わかりやすい例ですが、免疫というのは、外から入ってくる異分子やバイ菌や微生物、そういう体に害をなすものを体の中から排除する働きであると思われていました。ところが、最近、確かにそれはあるけれどもそれと同時に、もっと大事な働きもあることが明らかになってきたわけです。

どういう働きかと言いますと、外から入ってきたものを異分子であるというふうに判断するには、そう判断するときに、自己と非自己を区別しなければなりません。

外から入ってきたものを、これは自己である、自己であるから、抵抗したり逆らったりしなくてもよいというふうに判断するか、これは自己でない、つまり非自己である、インベーダーである、だから排除しなければならない、というふうに判断する。そのことによって初めて、そこから攻撃態勢なり、あるいは寛容というようなことも起こってくるわけなんです。

ですから、免疫の一番大きな働きは、私たちが俗に考えている異分子を排除することではなくて、たとえば、外国人がいるときに、警官が、外国人の登録証を見せてくださいというふうに言って、「あなたは外国人ですね」「日本国籍の人ではありませんね」といろいろ分けたりする。このように、非自己と自己とを決定する働きなんです。

こうなってきますと、すごく哲学的になってきます。

自己というものは何か、というのが哲学の永遠の問いなんです。ところが免疫は、非自己を決定するわけですから、おのずと自己がわかってなきゃいけない。つまり、自分とは何かということを免疫はきちっと理解して、自分を決めているわけです。

私たちが外国に行くときのパスポートのように、免疫は自己を決定して、どこの何の某《なにがし》であって、絶対他人ではないと完全に確立しているんです。簡単に言いますと、人間のアイデンティティーの根のところ、人間が人間であり、その個人である自分自身が自分であると決定するのは、実は免疫の働きによるのだとなってくるんです。これは実に不思議なことです。

人間一般というのがありますね。みなさんが人間一般、私も人間一般でありますが、また、何の某という特定の自己です。つまり、私以外の何者でもないわけなんです。その〈私〉〈個という私〉を、きちんと判定する役割が免疫にあると考えると、自己を決定するというとても大きな働きがあることになってくるわけです。

自己ではないものは「排除」する働き

この免疫について、おもしろい実験が一九八五年に行われました。それは、日本人の女性科学者で絹谷政江さんという方とフランス人の科学者の共同研究になるものなんですが、これは実におもしろい。

どういう実験かと言いますと、ニワトリとウズラの受精後三、四日経った卵を用意します。その両方の卵の中に胚《はい》という部分がある。その胚の中に神経管という管があるんだそうですが、神経管には、非常に大きな働きをするものであって、その中には、将来いろんなものに分化して育つであろう原基《げんき》が含まれています。脳神経、運動神経、網膜《もうまく》、脊髄《せきずい》、あるいは色素を決めていくものとか、そういうものがたくさんあるわけです。その中で、ウズラの卵の神経管の中から、将来羽に発育していくであろう部分の細胞を切り取って、ニワトリの卵の神経管の中に移植します。

そして、その卵を孵化《ふか》させますと、そこで、キメラというものが出てくる。それは、黒い羽を持ったひよこなんですね。

ひよこというものはご存じのように、黄色か真っ白なんですが、その中に、一羽だけ黒い羽をつけたひよこが出てくるんです。移植されたウズラの細胞が神経管の中で成長して、ウズラの羽をつけたニワトリのひながそこへ出てくるわけです。黒い羽をしているので、すぐ見分けがつくそうです。

これも不思議なことなんですが、これが数週間から二カ月ぐらいたちますと、やがてその羽が腐って、麻痺《まひ》して、落ちてしまいます。そして、やがてそのひよこも死んでしまうんです。

これは何かと言いますと、そのひよこが孵化して、そして時間をかけて、体の中の免疫という活動組織が完成されていくわけですが、体の中の胸腺を含めての免疫の活動が成長してくると、どうも変だと気づくわけです。この自分の肩からついているものは、これは自己ではない、これは自己の細胞に起因するものではないらしいということを免疫が決定するんです。そして、これは自分ではないから排除するというふうに決める。そして、そこで免疫活動が行われて、羽は腐って落ちてしまい、組織が悪化して、そのひよこそのものも命を失ってしまう。免疫というのは、それぐらいすごいものなんです。

脳を絶対の主人にしない免疫系

さらにすごい実験を、絹谷さんのパートナーのフランス人科学者がやっているんですが、今度は、ニワトリの卵の、将来脳に発展していくであろう部分の細胞に、ウズラの脳に発展する部分を移植するんです。すると卵が孵化して、脳はウズラで体はニワトリという不思議なひよこが出てきます。頭の毛の色がウズラの色（褐色）をしているほかは外見は変わらず、羽も普通のニワトリの羽なんですが、頭のところだけがちょっとウズラの形をしている。しかし、その行動パターンはどうもニワトリではない。ウズラとそっくりの行動パターンをするんです。

どこが違うかと言いますと、たとえば、ニワトリのひよこはピィーピィーというふうに鳴くところを、ウズラはピッピ・ピィー、ピッピ・ピィーと三分節で鳴く。また、ひよこは、ピィーと鳴くたびに一ぺんずつ首を振るのに、そのちょっと黒っぽいひよこは、頭を三回一音ずつに対して振っていく。そういう行動のパターンが脳によって決定されて、ウズラの行動をする、ウズラと思いこんでいるニワトリのひよこが誕生するわけです。

このこと自体もすごいことだと思うんですが、もっとすごいのは、このひよこは、生後十数日後に、体が麻痺して、脳の神経が腐乱して、そして最後には死んでしまうんです。

これはどういうことかと言いますと、脳はちゃんとしたウズラの脳、そして行動のパターンもウズラであるから、そのウズラの脳を持ったひよこは、自分はウズラであると思っているわけです。なにしろ、脳というのは、その存在の精神活動の中心であるというふうに考えられているわけですから。

ところが、ゆっくりと免疫系が発達してくると、免疫がこの脳は私の脳ではないというふうに宣言するんです。この自分の脳、今、頭にある脳は、自分、自己の脳ではない。これは非自己である。体や何かを全部ひっくるめての身体的なニワトリのひよこが、脳は自分ではないというふうに判断するんです。それによって、脳が免疫系から拒絶されるんですね。ということはどういうことか。

私は、そのくだりを読んで、ものすごくショックを受けたんですけれども、脳は免疫を拒絶することはできない。しかし、その個体の免疫系は、脳を拒絶することができるということですね。どっちが生命の主人であるかがわからない。脳がもしも生命の中心であり、生命を支配する絶対の主人であるならば、脳が免疫系に対して命令を下せばいいんです。いや、これはおれの脳である、免疫はひっこんでいろと言えばいい。ところが、そうではなくて、脳は免疫によって拒絶されるんです。ということは、人間の生命で、脳が死んでいる、脳が活動を停止したということは、個体の生命がそこで途絶えて、完全に死滅したかどうか、疑問があるということなんです。なぜなら、自分が自分であるということを決定する免疫系は死んでいないのです。

そして、免疫が脳を拒絶できるということは、人間の身体活動の中では、ひょっとしたら脳と並ぶどころか、脳を優越するような大きな働きが、免疫――胸腺に関係する免疫系にあるのだと考えられるのです。

指やペンが、脳をリードしている瞬間

というふうに考えますと、脳死をもって人間の死と判定していいんだろうか、ひょっとしたら、免疫系の死まできちんとみとらなければならないのではなかろうか。脳が死んだ後も、細胞は生きているわけです。爪は伸びます。鼻毛も伸びます。髪の毛も伸びるんです。つまり、脳は死んでいるけれども、体は生きている。体には魂がないんだ、魂とは何か、魂とは自己なんです。その自己を決定するのは免疫ですよというわけなんです。

こう考えてみますと、今の科学の水準で、人間の生死を明瞭《めいりよう》に簡潔に決定づけることはすごく難しいなという気がしてなりません。

脳死の問題一つとっても、まだまだいろいろと検討すべき問題がある。民俗学の見識も必要である。社会儀式の見識も必要である。そして、何よりも人間感情というものがある。

そういう中で、人間の死というものを決定するのに、脳という、免疫に支配される一部の活動の停止をもって、人間の死であるというふうに即座に判断するのはちょっと早過ぎるんじゃないかなという気持ちが幾分しています。

私は、臓器の移植に反対ではありません。また同時に、脳死というものが確かに人間の死だなというふうにも思います。

しかし、ひよこの実験に見られるように、脳が人間精神の活動の中心であって、笑うのも、泣くのも、ものを考えるのも、すべての源泉は脳に宿るというふうに考えてしまえるものだろうかということをふっと思うときがあるのです。

私の部屋には、ベン・シャーンというアメリカの画家が描いた一枚のエッチングがかかっています。握りしめたこぶしの先に一本のペンを握っている絵です。いかにも、〝考える手〟という感じがするんですね。

もとの題名は、「一行の詩を書きおろそうとする直前の指」ということらしいのですが、私もものを書くとき、時々感じるんですが、頭では書いていないと思うときがあります。

自分のペンと自分の指で書いている、指やペンが自分の心や自分の脳をリードしているというふうに考える瞬間があります。きっと彫刻家とか、画家とか、すぐれた音楽家やスポーツマンなど、そういう人たちは、脳によって自分の体をコントロールしつつ、ものを創造していくのではなく、爪の先とか、足の指とか、体がむずむず動いて、体が考えて、体が感じて、人間の精神の表現というものをつかさどっていると感じる瞬間があるのではないかと思います。そういう意味では、たとえば、舞踊というものも、脳で踊っているという感じではない。やっぱり人間の肉体が踊っている、足が踊っている、ひざが踊っている、そして人間の血がここでたぎっている、そういう感じがします。

今は、人間の生命の中心は脳であって、脳が死滅したときに、人間の生命は終わるというふうに、いちおう社会的な相互理解のもとに脳死の判定が下されていますけれども、まだまだ人間の命は脳だけではなくて、違うところにも宿っているのではなかろうか、髪の毛一本にでも人間の命は宿っているのではないかというふうに考えるのは、小説家の考え過ぎなのでしょうか。

第五章 「悲しみ上手」の復権

――「心の内戦《インナーウォー》」をこえて

減ることのない「働き盛りの自殺」

この頃、自分の周辺を振り返って、何かちょっと変だなと思うことがしばしばあります。いや、ちょっと変だなどころではありません。極端に言いますと、朝、新聞を見て、ああなんということだろう、これは……と我が目を疑い、夜は夜でテレビのニュースショーなどを見て、一体世の中はどうなっているんだと深いため息を漏《も》らすことがあります。今の世の中は、戦後日本のツケが一挙に来たような、不思議な、なんとも言えない裂け目が見えたような時期だと思います。

自分でただそういう印象を持つというだけではなく、実際に、この数年間、私たちが生きている社会というものが、ただただ普通ではなかろうと感じる客観的な裏づけがあるんです。それは、平成二十六年度の警察庁が発表した自殺をした人の数字です。なんと二万五四二七人という驚くべき数字を示している。また、厚生労働省のデータによると、日本人の赤ん坊からご老人まで全部ひっくるめた総人口の死亡原因を年齢別に見ると、十歳から四十四歳までの男性の死因の中では自殺がトップなのです。とくに四十歳から四十四歳までの死亡者における比率は三〇・八%。ということは、皆さん方の周りにいらっしゃるこの世代の働き盛りの男性の三人に一人の死は自殺だということなのです。決して他人事《ひとごと》ではありません。

爆弾も落ちない、機関銃の弾《たま》も飛んでこない、一見平和に見えて、物も豊かで、福祉もそこそこに行き届いているという時代に、一年に二万五〇〇〇人余の人々が人生の舞台をおりていく。十年間で二五万人、二十年間で五〇万人です。これは本当に大変な数字で、私たちはその数字の大きさに愕然《がくぜん》とせざるを得ません。

命の手ごたえが感じられない若者たち

そこで、もう一つ大きな問題は、なぜ人はみずからの命を放棄《ほうき》することに踏み切るのかということです。以前、十代の若い高校生たちを集めた討論番組がテレビでありました。その番組の途中で一人の高校生が、「皆さんいろいろ言っていらっしゃるけれども、どうして人を殺してはいけないんですか」と、決して反抗的な口調でもなく、むしろ素朴に、当惑したような口調で尋ねたことがありました。そこに出席していた大人のパネリストやほかの人たちも、一瞬沈黙してしまって答えようがなかったのですが、それは、その質問が余りにも素直で、余りにも無邪気に、そして心の底から不思議に感じているというように自然に発せられたことにあったんだろうと思います。

それからしばらくして、先日ある関係者の方と話していたら、今、行政の有志が学校教育の現場の方たちと話し合いをしている。それは「生徒たちから、なぜ人を殺してはいけないのかという質問をぶつけられたときに、それにどう答えてよいのか、きちんとした答えが見つからない。行政の方で何か統一的な一定の見解《けんかい》を出してほしい」という声が現場の方からあったからだという。その結果、こういう模範《もはん》回答が出てきたのだそうです。

「君たち、人に足を踏まれたら痛いでしょう。だから人の足を踏んではいけませんよ。自分の命が奪われたら悲しいでしょう。だから人をそういう悲しい目に遭《あ》わせてはいけませんよ」。こういうふうに答えようではないかという意見がまとまったという話を聞きまして、私はなんとなく憮然《ぶぜん》とする感じがありました。

果たしてそういう答えで、なぜ人を殺してはいけないんだろうという余りにも素朴な子供たちのつぶやきに対して説得力があるのか。なぜかと言いますと、自分が痛いということを感じるためには、痛みというものを自覚する能力が備わっていなければいけません。一度も痛い思いをしたことのない人間は、他人の痛みがわからないのは当然なんです。同じように、心の底から悲しむという体験を持ったことのない人間が、他人の悲しみに対して敏感であるわけがない。

たくさんの人々に支えられて生きている、天地自然の恵みによって生きている、そして得がたい人間の生というこの命は尊いもので、自分の命ほど大事なものはないんだということを一人一人の人間が強く感じていたとすれば、なかなか自殺なんて踏み切れないんです。これだけ自殺が多いということは、たくさんの人たちが実は自分の命の重さというものを感じられていない、自分の命の手ごたえというもの、その尊さ、大事さがほとんど感じられていないという現実が、広く世の中に行き渡っているのではないかと思われます。

今、若い世代や幼い世代や子供たちの間には、自分の命というものの実感がない。それは、テレビゲームで、スイッチさえ押せばたくさんの敵や群衆が次から次へパチンパチンと消えていく、ああいうふうに人を消すという感覚が広く行き渡った結果、私たちはひょっとしたら自分の命の実感のない時代に突入したのかもしれない。それはすごいことなんです。

現代は、「心の内戦《インナーウォー》」の時代

少し前ですが、ある県の教育委員会が小学校の一年生から高校三年生までの少年たちを対象にアンケートをしたところ、小学校一年生の一〇％弱が死ぬことを本気で考えたという回答をしているそうです。小学校六年生で三〇％強。つまり三人に一人。高校二年生になりますと五〇％オーバー、つまり二人に一人が自殺を真剣に考えたことがあると答えているらしいのです。

私たちのようなある程度人生の下り坂にさしかかっている人間が死を考えるということはしばしばあるんですけれども、小学校の一年生や六年生や青春の真っ只中にいる高校生が、その歳《とし》で自殺を考えるというようなことは並々ならぬことであり、それをまた教育委員会がアンケートで統計をとらなければならないような時代というのは、これまで決してなかった。やはり今の世の中は、どこかすごくゆがんで、異常なところに差しかかっているのではないか。

皆さんもご存じのＩＲＡ（アイルランド共和主義軍団）は、北アイルランドのカトリック教徒たちがイギリスからの分離、独立を求めて、長くイギリスと争い続け、プロテスタント系の住民との間で内戦を繰り広げているわけですが、この内戦（シビルウォー）による死者の数が、一九六〇年代後半から九〇年代までの三十年間で三千数百人と新聞に発表されています。このようなバズーカ砲から戦車まで繰り出しての戦いですら、三十年間に三〇〇〇人ちょっとです。

また、かつては一万人を超え、政府が「交通戦争」と規定していた交通事故の死者は、今では一年間に四一一三人（平成二十六年）に減少しています。では、その六倍以上にのぼる人が自ら死を選ぶ、そのことを一体何戦争と言えばいいのか。

私たちは平和の中に住んでいる、平和憲法を守ろうと言っている。しかし本当に平和か。一年間に二万五〇〇〇人余の自殺者が出るのは平和とは言えないのです。ある意味で、これは戦争なのです。それは「心の戦争」であり、インナーウォーという言葉がぴったりくるかもしれません。

豊かさの陰で見捨てられたこと

どうしてそうなったのか。私は、戦後の歩みというものは、世界的な経済大国として、あるいは先端技術大国として奇蹟的な復興《ふっこう》をなし遂げ、敗戦国から再び先進国の仲間入りをしたドラマティックな歴史であったと思います。それはすばらしい歴史であった。しかし、なぜそういうことが可能になったのか。これは、目標を絞って、一点集中という形で、周囲を見回すことなく、足元を見つめることなく、後ろを振り返ることなく、ただただ前方を見つめて前向きに坂の上の白い雲を目指して突っ走ってきた、それによる成功ではなかろうかと思うことがあります。

いろんなことに目をつぶって、経済的な豊かさ、所得の倍増、科学技術の進歩、そういうことだけに目標を絞って、衣食足りて礼節《れいせつ》は後からついてくるであろうと考えた。道徳も知性も芸術も文化も、経済的に豊かになれば自ずと湧いて出てくるであろうというような、いわば安易《あんい》な判断によって、私たちは戦後七十年を走り続けてきた。そして、見事にその目標を達成した。そういうふうにショートカットして走ってくるためには、たくさんのものがその陰に見捨てられてきたんです。でも、私たちはそれに目をつぶって見ないようにしながら、一番短いコースを走り続けてきた。

そういう中で必要とされたのは明るさなんです。暗いということは、そういう社会の目的に合わない。それから、元気ということ。陰気とか弱いとかいうことはだめなんです。それから健康であるということ、強いということ、積極的で前向きであるということ。これらが美徳であり、その反対の、めそめそする、悲しむ、悩む、寂しがる、憂《うれ》いを感じる、物事を深刻に考える、足元を見つめる、後ろを振り返る、こういう問題は全部よくないことというふうに抑えつけられてきたのではないだろうかと思います。

もしも小学校で少年がほおづえをついて、うつむいてじっと考え込んでいたとしたら、おそらく熱心な先生は、その子の背中をどんとたたいて、「○○君どうしたの。そんなめそめそしちゃいけませんよ。もっと前を向いて胸を張って、しゃんと背中を伸ばして、元気にたくましく明るく生きなくちゃ。さあ笑顔で」というふうに指導されたと思うんです。私はその指導に間違いがあるとは思っていません。しかし、人間というものは、ときに深く物思いにふけることもあり、骨まで徹するような寂しさを感じることもあり、物事を思い悩むこともある。憂いにふけることもある。不安を感じるときもある。心の底から悲しむこともある。そういう悲しみや迷いや不安や寂しさや悲哀や涙というものを人為的に抑えつけて、それはよくないものというふうに、切り捨て切り捨て走ってきたのがこの七十年の私たちの歴史であったような気がするのです。

痛みも悲しみも学んでいくもの

ずいぶん前ですが、日赤病院の元外科部長をなさっていた竹中文良《ふみよし》先生とお正月の雑誌のための対談をしました。竹中先生は、外科医として手腕《しゅわん》をふるって活躍されている最中にがんに冒《おか》されて、そして手術を受けて生還なさって、さらにいろんな形で活動を続けてこられた方です。『医者が癌《がん》にかかったとき』というおもしろい本も出されています。

その竹中先生とお話をしていたときに、「がんになって初めて、痛みというものがどれほど耐えがたいものであるかを痛感した」とおっしゃるんです。それまでは、患者が痛いとか大変だとか言っても、「あなた、命にかかわる問題ですよ。命を救うんだから、少々痛いぐらいは我慢しなさい」というふうに、叱《しか》りはしないけれども、心の中ではそういう気持ちがあったというんです。ところが、自分が実際にがんにかかって手術を受けた後、「痛みというものがどれほど激しく辛《つら》く、人間性をむしばむようなひどいものであるかを痛感した」というふうにおっしゃる。自分が痛みを感じて初めて本当の痛みがわかる。そして、痛みというものも、成長していくというか、開発されていくものだというのです。

竹中先生はそのとき私に質問をされたのですが、それは、「子供のときから痛みとほとんど無関係に育ち、ずっと痛みというものを痛切に感じることがなかったような、痛みに対してイノセントな人と、いろんな痛みを体験して、中には苦行とか修行とか、自ら進んで痛みを求めてやってきたような痛みのキャリアとでは、どちらの方が治療のときの痛みに対して、怖がったり敏感だったりすると思うか」というものでした。私は、たくさんの痛みを体験している人の方が痛みに対しては頑張れるんじゃないかと答えたんですが、実はその反対で、痛みをたくさん経験した方が強く痛むというのです。

そういうことを考えてみますと、悲しむということも、やっぱり悲しみを重ねていくことによって、人々は悲しみに敏感になっていくのではないかと思います。深く悲しむ能力あるいは才能が開発されてくる。

昔、『生きるヒント』という本の、〈よろこび上手《じょうず》〉というお話の中で、人は喜ぶことを工夫して、努めて喜ぶようにしていく中で、次第次第に喜びが身についてくるものなのだということを書きました。たくさんの方から共感のお手紙をいただいたことがありましたが、悲しみにも、悲しみ上手と悲しみ下手《べた》というものがあるんじゃないかと最近思うようになりました。

戦前から、日本人は余り泣かなくなった

昭和十六年（一九四一）と言いますと、ちょうど日中戦争が始まっており、十二月には民族の運命を決するような太平洋戦争が始まるのですが、その年の六月に、柳田《やなぎた》国男という民俗学の大家が「涕泣史談《ていきゅうしだん》」というおもしろい論文を書いています。涕泣とは、おうおうと嗚咽《おえつ》して、洟《はなみず》も涙もごちゃまぜになるような状態を言いますが、「涕泣史談」などという妙な文章をなぜ書く気になったかという動機について、柳田さんはこういうふうに書いています。

「どうも近ごろ日本人が余り泣かなくなったように感ぜられる」。そのことが柳田さんには不思議で不思議で仕方がなかった。民俗学者ですから古いことに大変詳しい。しかも、柳田さんというのは、同時代の世態、人情、風俗、そう

いうものに対しても大変な好奇心と鋭い観察眼を持った人でした。そんな人が昭和十六年の社会をぐるっと見渡して、なんで最近の日本人はこうも泣かなくなったのだろうか、日本人は殊《こと》に最近泣くことがなくなったように見受けられるが、一体これはどういう理由によるのかという疑問から出発したのが「涕泣史談」というユニークな文章なんです。

考えてみますと、昭和十六年というのは大変な時代なんです。「進め一億火の玉だ」などと言われて、日本人はみんなまなじりを決してほおをつり上げて命がけで戦う。個人的な問題で悩んだり、人生の明け暮れを考えたりすることよりも、一つでも武器を増産し、一人でも敵兵を倒すということのために、一億国民が火の玉となって走っていけ、と言われていた時代なんです。そういう時代ですから、泣くということが過去の日本人のように多く見られなくなったということは当然のことであろうと私は思います。最愛の息子が白木の箱で死んで帰ってくる。その箱を抱いて、わあっと動物のように体を投げ出して慟哭《どうこく》するということはできにくい時代であった。

その当時の新聞などを見ますと、そのとき母は、「よくお国のために死んでくれました。来年の春には靖国神社の桜の下で会いましょう」と静かに微笑《ほほえ》んだなんていう記事が出て、軍国の母などという美談めかした記事がよく出ていたものです。本当は泣きたくっても、そういうふうにできない時代であったということも、その当時の日本人が次第に泣かなくなっていったことの一つの理由であったのかもしれません。

「情」を笑いものにし、乾き切った現代

柳田さんは、日本人というのは非常によく泣く民族であったというのです。泣く民族であったというのは、ただ野球に負けて泣く、痛いから、悔しいから泣くという動物的な泣き方ではなくて、言葉に出して言ってしまえば、上滑《うわすべ》りして本当の心情が伝わらない、そのような人の痛みを想像して、その痛みを自分がどうすることもできない悲しみや苦しみというものを言葉であらわさず

に、泣くという身体的表現でもって日本人は表現してきたというふうに柳田さんは言っています。つまり、日本人というのは、泣くということを単なる動物的な感情の垂れ流しではなくて、一つの文化として洗練せしめてきた民族であったということなのです。

その日本人がいつの頃からか泣くことをしなくなった。さらに戦後の七十年間は、泣くのは非生産的なこと、前近代的なこと、古いこと、義理人情であり浪花節《なにわぶし》であると物笑いにされ続けてきたのです。泣くこと、悲しむこと、そして情という文字などは、本当に目のかたきにされてきた。

「人情？　冗談じゃないよ」――パロディでしか使わない。〈友情〉という言葉もある。〈情愛〉という言葉もある。〈情念〉という言葉もある。〈情緒〉という言葉もある。本当は〈情〉というのはすごく大切なものであるにもかかわらず、私たちはその言葉を毛嫌いし、笑いものとして、乾いた社会を目指し、合理的な社会を目指し、乾き切ってひび割れかかったような世界をつくり上げてしまったという反省が私の中にあります。

バブル経済の頃は、非常にたくさんの人が自殺した時期なんですけれども、バブル経済は何によって生じたか。地価は永遠に上がり続けるであろう、経済は永遠に成長し続けるであろう、日本の状況、世界の状況も常に有利に発展するであろう、こういう一〇〇％のプラス思考から発生したのがバブル経済であると言ってもいいと思います。

私たちは、その中で、痛むとか悲しむとか寂しがるとか涙を流すとか、そういうことの大切さを子供たちに教えることもできず、私たち自身それを強く感じることもなしに時を過ごしてきた。その結果、私たちは悲しみとか憂いというものに対して、からからの干《ひ》からびた心をつくりあげてしまった。そういうものに対して不感症になってしまった。

悲しむことを知らないということは、本当の喜びを知らないということでしょう。アメリカのユーモア文学のゴッドファーザー、マーク・トウェインは、「ユーモアの源泉は哀愁《あいしゅう》である」と言っています。悲しみからユーモアというものが生まれてきて、それが人間的なユーモアとして笑いを誘うのである。笑いの底には悲しみがあるということでしょう。

万葉の歌人、大伴家持《おおとものやかもち》も「うらうらに照れる春日《はるひ》に雲雀《ひばり》あがり　情悲《こころかな》しもひとりしおもへば」と歌い、こころが浮き立つような気持ちの中にありつつ、一抹《いちまつ》の悲哀を感じる万葉人の情緒を歌いました。

私たちは随分長い間、悲しみだとか憂いだとかいうものを無視して生き続けているうちに、本当に悲しむことができないようになってしまった。心が痛むということが少なくなってしまった。こういう私たちの次の世代、その下の子供たちは、本当に心の痛みというものを実感することなく育ってきた。その子供たちに向かって、「自分の足を踏まれたら痛いでしょう」と言っても、痛みというものに対して非常に未開発の状態の人間は、痛みを痛みと感じないのです。

自分の足を踏まれてもそれほど痛いとは感じない子もいるかもしれない。自分の命の重さを感じられないのと同じように、他人の命の重さも感じられない。私たちは今まさにそういうところに差しかかっているのではないでしょうか。

率直な感情表現こそ、教育の一つ

地方の新聞に、ある若いお母さんからの投書がありました。「もう二度と私は泣かない」というタイトルです。あるとき、大変仲のよかった夫と初めて大きな口げんかをして、そばに子供がいたんだけれども、思わず突っ伏して号《ごう》泣《きゅう》してしまった。そんなことはかつてなかったというんですね。その晩、寝たかなと思って、子供部屋に行ってみると、息子さんはベッドで目を開けていて、そして母親の顔を見ると、「さっきお母さんが泣いているのを見て、僕悲しかった。どうしても寝られない」と言ったというんです。それで、そのお母さんは、子供にそんな思いをさせて自分は悪かった、もうこれからは子供の前では二度と泣かないという投書を寄せられたんです。

私はふっと思ったんですが、そのお母さんは、子供さんの目の前で夫と争いをして泣くことで、一人の人間としての悲しみの姿を見せた。息子さんはおそらく人間の悲しみというものに初めて接したんじゃないかと思うのです。そして、僕も悲しかったと言った。子供に対してひざを正して一〇〇の説教をするよりも、そのことで、どれだけ子供に対する母親としての教育ができたかしれない。しょっちゅうめそめそ泣いている必要はありませんけれども、そのことを恥じる必要もなく、二度と子供の前では泣かないというふうに無理やり自分を抑えることもないだろう、泣いてよかったねという感じがしました。

自分が泣きたいときには泣く。腹を立てるときには腹を立てる。うれしいときには声を上げて喜ぶ。こんなふうにすることしか、子供たちへの教育の仕方はないと思うんです。「自分が足を踏まれたら痛いでしょう。だから人の足を踏んではいけませんよ。自分の命は大事でしょう。だから人の命を奪ってはいけませんよ」と言うだけではなくて、ときには子供の前で突っ伏して号泣してみせる。そういう人間らしい姿を赤裸々《せきらら》に見せることも、親としての一つの教育のあり方かもしれないというふうに考えたりするのです。

私たちは悲しみをおそれることはない。世の中に対して憂いを抱くことを嫌がることはない。むしろ、そのような弱さ、迷い、悩みを抱《かか》えているからこそ人間であり、それを抱えたまま生きていくからこそ、自分の命というものはけなげな大切なものなんだというふうに考えてみたいと思います。

沖縄の歌で、一九八〇年に音楽家の喜納《きな》昌吉《しょうきち》さんがつくられた『花』という曲を思い出します。最近になって、日本だけでなく外国にまで紹介されてスタンダードナンバーとして流行《はや》っていますが、七〇年代を過ごし、情の国の沖縄から経済成長偏重の日本に向けて『花』という歌が発信されたことを非常に印象深く思います。

泣きなさい、笑いなさい、いつの日かいつの日か、花を咲かそうよ――と続く歌は、泣くということが恥ずかしいことであると思っていた時代に、泣きなさい、泣いて人間的な潤《うるお》いを取り戻しなさい、渇いた心に潤いを持たせなさい、そして、本当の喜び、本当の笑いというものを人間的に取り戻そう、というメッセージであると受け止め、今この歌が静かに広く人々の間で歌われていることを私はとてもうれしく思っています。

第六章 〈慈〉の力 〈悲〉の力

——痛みを共有すること

我慢せず、背中を丸めてため息を

阪神・淡路大震災にしても、東日本大震災にしても、被災地がすっかり新しいきれいな都市に再生したように見えても、おそらく震災に遭《あ》われた方たちの心の傷跡は、そう簡単に消えることはなかろうと思います。

ある記憶が人間の心にしみついて、ずっと深く残っていく。それも個人の心の中だけにとどまるのではなく、地域の住民や一つの民族、そういう多くの人々の中に集団的な記憶として蓄積され、それがずっと語り継がれ、記憶の遺伝のように社会的に残っていくということがあります。

韓国には〈恨《ハン》〉という言葉があります。日本では怨恨《えんこん》の恨という字ですから、日本人は何か誤解することが多いのですが、これは決して恨《うら》みなどという感情ではありません。五百年、千年、千五百年という長い歴史の中で、さまざまな苦難の記憶、悲しみの記憶、痛みの記憶というものが、民族の魂の中の傷跡としてずっと残って、伝えられ、人々の中に語り継がれ、実際に体験した人もしない人もみんな心の中にその記憶のかけらを抱いている。それが〈恨〉というもので、一種の民族的な文化と言ってもいいのだと思います。

そして〈恨〉には、悲しみの記憶の集積だけではなくて、そういうものを思い出し、その中から立ち上がろうとする契機《けいき》が潜んでいると、前向きに〈恨〉というものをとらえる韓国の詩人もいます。

自分の今の暮らしの中で、これという問題もなく健康もなんとか保っている。経済的にも一応なんとかやっていける。子供たちも普通に成長している。

そういう中で、ふとなんとも言えない、鉛《なまり》のような重いものが心によみがえってきて、肩にのしかかってくるような思いがすることがある。〈恨〉の訪れというのでしょうか、そういうもので気持ちが鬱屈《うっくつ》したとき、どうすればそこを切り抜けられるかということを、昔の韓国のお母さんは娘さんにこういうふうに教えたのだそうです。

心の中に〈恨〉が広がって、背中に鉛の板がのっているような重い気持ちになったときは、無理して突っ張って、胸を張って頑張ろうなどというふうに考えずに、しゃがみこんで肩を落として、そして背中を丸めて、ふーっとできるだけ大きなため息をつきなさい。そうすると、ほんのちょっとの間でも〈恨〉の重さが軽くなったような気がするよ、そこからまた立ち上がればいいんだよと……。

胸の奥から木枯《こが》らしのような深いため息をつく。そのため息のことを「恨の息」と書いて、ハンスム。そして、一瞬ふっと晴れて、五月の青空のように快《かい》活《かっ》な気分が戻ってきた、そういう時期も人間にはあるものですが、そういう心の状態を「恨が晴れる」と書いて、ハンプリというのだそうです。このハンプリという言葉も、ハンスムという言葉も、ハンという言葉も、万葉集にでも出てきそうな、非常に雅《みやび》な感じがして、私は好きな言葉です。

そして、〈恨〉というものは、ただただ気持ちが沈む、憂鬱《ゆううつ》になるというものではなくて、何かしらそのことを思い出すことで、その中から立ち上がっていく契機、きっかけというものがそこに芽生えてくる、こういうふうにとらえる方がいいのかもしれません。

繰り返し繰り返し〈恨〉を感じつつ、そのまま座り込んでしまわないで、その〈恨〉の中から人々はまた立ち上がっていく。こういうものがおのずと〈恨〉の中に含まれているのかなというふうに考えます。

人を本当に力づける励ましとは

〈恨〉の重さに耐えかねたときには、背中を丸めて深いため息をつきなさいというのは、非常に含蓄《がんちく》のある言葉のような気がします。

今、プラス思考流行《ばや》りですから、ハァーとため息をつくなんていうのは、積極的でない、健康に悪いことのような感じがしますが、これまで戦後七十年の間、どちらかというと、よくないことのように考えられて避けて通ってきたものの中に、実は大事なものがたくさんあって、それを私たちはこれまで忘れ続けてきていたのではなかろうか。そのツケが、今、いろんな形で回ってきたのかなというふうに思わざるを得ません。

ため息、あるいは暗い思いを味わう、かみしめる、悲しみに浸《ひた》る、どれもマイナスの要因のような気がするのですが、悲しみと喜び、明るさと暗さ、希望と絶望、積極性と迷い、こういうものは反対のものとして考えるのではなくて、むしろ一体のもの、それなくしてはこれもあり得ない、我ありて彼ありと仏教で言いますけれども、背中合わせの双子のようなもので、そのどちらかを切り落としても、立派に生き長らえることはできないような存在である。そういうふうに考えたいと私は思うのです。

以前、田辺聖子さんが、神戸の震災の直後にテレビのキャスターや何かがたくさん取材に来て、仮設住宅にいる人たちや子供さんを亡くされた方たちに、「今のお気持ちは？」などと訊《き》いた後に、「じゃあ、がんばって下さい」と言って立ち去っていくのを見て、「がんばって下さいとは何よ」と憤慨《ふんがい》しておられたことがありました。

「がんばったら、亡くなった子供が帰ってくるんですか」と訊かれたら、一体どうするつもりなんだろう。確かにそのとおりなんです。がんばるという言葉は、自分ががんばろう、お互いに肩をたたき合って、がんばりましょうねというのはあり得ますけれども、がんばって下さいと他人が強制できるものかどうか。時と場合によるような気がするのです。

言われる側の人に、まだ立ち上がる気力と体力と立ち上がろうという意志がわずかに残っていて、なんとか立ち上がろうとあがいているときは、手を差し伸べて、さあこの手につかまって、がんばって、一緒に立ち上がって歩いていこう、さあこの肩につかまってという言葉は、本当にうれしい、心強い、頼もしい言葉だろうと思います。それによって励まされる人はたくさんいるし、それによって立ち上がれる人もたくさんいると思います。

しかし、人間というものは、もう立ち上がれない気持ちになるときがあるんです。自分にもはっきり、これ以上がんばったって無駄だということがわかっている。がんばったところでどうにもならない実感をかみしめているときが人間にはあるんです。そういうときに、がんばれという言葉はほとんど力を持たない、上滑《うわすべ》りしている言葉ではなかろうか。むしろ苛立《いらだ》たしい言葉ではなかろうかというふうに考えたりもします。

では、どういう言葉があるのか。そういう言葉はないかもしれない。それはひょっとしたら言葉ではないのかもしれない。

前にも書きましたが、山折哲雄さんがこの人こそ名医だというその方は、ターミナルケア（終末期医療）と言いますか、死期が迫った患者さんたちのお世話をなさっているお医者さんですが、治療なんて何もしない。三つのことしかしない。一つは、相手の話を聞く。ただ聞く、ひたすら聞く。二つ目は、触《さわ》る。話を聞くときも、立って聞くのではなくて、相手と同じようにしゃがみこんで、あるいはいすに座って、相手の手をしっかり握りしめて聞く。そして、しょっちゅう触る。もう一つは、その人を褒《ほ》める。たとえば、薬がうまく飲めたとすれば、「きょうはがんばって、よくお薬を飲みましたね」とか、褒めるというのです。

聞く、触る、褒めるの三つのことだけれども、まことに名医であると山折さんは感心しておられる。私も同意見です。

自分の死期が感じられる、あるいは直観的にわかってくる。立ち上がろうとしても立ち上がりようがないなと、そういうふうに感じている人間に対しては、何をすればいいのか。がんばれとか、闘う意志が大事だとか言っても、無駄なときがあるんです。聞く、触る、褒める、ここにある感情は、がんばれという言葉とは違う意味での励まし、慰めと言ってもいいものであろうと思うのです。

〈慈〉とは、友達や仲間のつながり

昔の人は、そういう感情のことを〈悲〉という言葉で表しました。外国の人に仏教の根本《こんぽん》思想はと質問されると、非常にあわてて応えにくいんですが、「それは慈悲の心です」と言うお坊さんがおられます。これは非常に説明しやすいのですが、慈悲と一言に言いますけれども、あれは〈慈〉と〈悲〉なんです。慈と悲、一緒にして慈悲というふうに言います。中国人がつくった言葉です。もともとはインドの仏教の思想で、サンスクリット語か何か、古いインドの言葉だと思います。中国の人が二つの言葉をそれぞれに訳して、一つの言葉に〈慈〉という言葉を充《あ》て、もう一つの言葉に〈悲〉という言葉を充てた。

〈慈〉のもとになっているのは、マイトリーとかミトラとか、そういう言葉で、友達とか仲間という意味合いが含まれているらしいんです。ですから、〈慈〉という言葉を訳するときに、フレンドシップとかヒューマニズムあるいはスイートモーメントと訳する人もいます。ヨーロッパの人には特にわかりやすい言葉なんですね。

〈慈〉という言葉がどこから出てきたかと言いますと、もともと古代の人間は血縁者だけで住んでいたんですね。夫婦で住み、子供ができる、親子三人で暮らす、やがて子供も大きくなって、孫ができたり、甥《おい》ができたりというふうにして、どんどん増えていきますが、それでもその一族で一カ所に定住します。そうすると、その村落というか、小さな集団には、心のつながりも身体《からだ》のつながりもある。その集団で人間と人間をつなぐ絆《きずな》は、血縁関係なんです。あいつとおれとは血がつながっている。こういう気持ちがその集団を円滑に、そして円満に相互扶助しながら、社会生活を営んでいく大きな絆になっていました。血が絆なんです。今、私たちが自分たちの存在を希薄に感じるのは、その血の絆が希薄になっているということだろうと思うのですが、とりあえず血の絆で古代の社会は維持されていたと考えられます。

人間を一つの家族にする〈慈〉

そのうちに、鉄が使用されたり、あるいは河川や海を使っての大きな商業とか交易というものが発達し、そこに今度はポリスというか、大きな都市ができてくるんです。

都市が成立して、そこでバザールができ、鍛冶屋《かじや》さんもでき、靴屋さんもでき、権力機構もでき、役所もできというふうになってくると、その中ではたくさんの人たちが血縁に頼らずに共生しなければいけないわけです。向こう三軒両隣、全然血もつながっていない、一緒に住まなければいけない。人種も違う、言葉も違う、宗教も違う、日常の生活習慣も違う、いろんなところから来た人たちが仲間として一緒に暮らさなければ、都市生活というものは営めなくなってきます。

しかし、都市に住んでいる人々が円満に、お互いに助け合って生きていくためには、何らかの絆が必要なのです。既に血縁はその絆として働かなくなってしまった。じゃあ、何をつくろうか。何かなくてはいけないというので、そこに生まれてきた人々をつなぐ絆としての感情が、実は〈慈〉と言われる、マイトリー、ミトラという言葉なんですね。真宗《しんしゅう》では御同朋《おんどうぼう》なんて言いますが、こういうものだろうと思うんです。血はつながっていないけれども、兄弟と同じである。つまり、人間はみんな家族なんだという考え方、思想が文明とともに都市生活の中で生まれて、そしてそれが人々の間をつなぐ絆になっていく。

目の前で子供が転んで、額《ひたい》にけがをして、血を出している。「あっ、あれはうちの姪《めい》っ子の三番目のなんとかだから、助けに行かなきゃ」と、行って、助け起こす。これだけじゃ困るんです。「あれは、うちに全然関係のない、血のつながっていない子だから、ほっとけ」。これではやっていけない。血のつながっている子であろうと、知らない子であろうと、とりあえずそこへ駆《か》け寄って、助け起こす。人間同士だから、同じ人間だからという気持ち、他人であっても、人間はみんな一つの家族であるという考え方、こういう精神が〈慈〉の根本に潜んでいると考えていいと思います。ですから、これは非常に明るいし、ある意味では近代人にもよく理解できる思想なんです。そして、なにか前向きで、ヒューマニズムというものが根底に感じられますから、〈慈〉というのは、世界中どこの人々に語って聞かせても、「ああ、わかる。キリスト教社会ではそれを愛と言います」というふうに言われるかもしれません。

〈悲〉は相手の痛み、苦しみと同体になる

ところが、〈慈〉とは対照的に、非常にわかりづらいのが〈悲〉という言葉です。〈悲〉というのは、非常に暗い、寂しい感じがしますね。〈慈〉というのが、明るい日だまりのような温かさを感じさせるとすると、〈悲〉というのは、どこか暗い、湿っぽい、陰気な感じがする。

〈悲〉のもとの言葉は、カルナーという言葉だと言います。マイトリーという言葉の背後に友達とかいうニュアンスがあるとすれば、カルナーという言葉にはどういう意味があるか。うめき声とか、思わず知らず発するため息とか、体の奥から込み上げてくるような感情、うっとうめく、こういう感情だというふうに教わったことがありますが、いわく言いがたしという感じのものなんです。

でも、大体わかります。人間には、うっと思わずうめきたくなるような瞬間

というものがある。もうどうにもならないような状況に直面している。あるいは痛みの中でのたうち回って苦しんでいる人がいる。その人から「お願いです、助けてくれ」と言われても、自分は何もできない。人間というものは、他人の痛みを代行することはできないんですね。

打ちのめされて、絶望のどん底にあえいでいる人を目の前にして、その人に対して何もすることができないと感じたとき、人は思わずうめき声を発するのです。「がんばって。希望さえ持っていれば必ずなんとかなりますよ」ということを言えないような状況が、私たちの暮らしの中には往々にしてあります。言いようがない痛みや悲しみを心に抱いている人のそばにいながら、いかにボランティア精神を発揮しようとしても、その人の苦しみは他人の手では代わってあげられないと感じたときに、人々はうめき、ため息を発するのです。

相手の痛みが自分の痛みのように感じられる、相手の苦しみが自分の苦しみのように感じられる、だけど、それを軽くしてあげることができない。こういうときに、人はうめき、ふーっとため息をつくのです。そういう感情が〈悲〉

という感情なのかもしれません。

絶望のどん底で、つねに痛みを共有する

英語にコンパッション（compassion）、他人の痛みを自分の痛みのように感じるという言葉がありますが、ちょっと似ている気配はあります。でも、〈悲〉というのは、もっと大きな感情なんですね。手を挙げて、希望を指さして、「見てごらん、暗く見えるけれども、あそこに明るい空が見えるよ。がんばって立ち上がって、一緒に歩いていけば、必ずあそこに達することができるんだ。立ち上がって、さあ一緒に手を携《たずさ》えて、歩こうじゃないか」と、これが〈慈〉という感情だとすると、〈悲〉は、「もう何もしなくていいです。自分にも何もしてあげられません。ただあなたの痛みが自分の痛みのように感じられて、ぽろぽろ涙を流して、あなたの手の上に手を重ねているだけ。これだけのことしかできないんです」といった心持ちではないかと思います。〈悲〉とい

うのは、そういうものかもしれません。

では、その〈悲〉というのは無力かと言われると、本当の絶望のどん底、苦痛のきわみの中でのたうち回っている人間には、相手がそこで自分の痛みのようにその痛みを感じて、うめき声を発してくれている、何も言わないでそこで涙を流してくれているということが、ひょっとしたら随分心の支えになるのかもしれない。

遠藤周作さんが生前、人の痛みとか悲しみとか悩みとかいうものは、閉ざされた空間の中で自分だけがそれを感じているのだと思ったときに、二倍にも三倍にもなるとよく言っておられました。そのとおりだと思うのです。

自分のこの痛みは、看護師さんにもわかってもらえない、お医者さんにももちろん理解できないだろう、一番親しい自分の親とか子とか、家族にさえ理解してもらえない。今、この世を去っていく自分のなんとも言えない孤立感というものは、友人に「大丈夫だよ。元気そうな顔をしているから、そのうちに退院できるよ」なんて言われれば、ますます気持ちは暗くなっていくばかりで、自分の感情を受けとめてくれる人はだれもいない。そう思ったときに、五の痛みが一〇になり、一〇の痛みが三〇になるというのです。

ところが、ここに一人の、自分には何もできないという痛みに打ちひしがれながら、じっと自分の顔を見つめてくれている人がいる。自分の手の上に手を重ねて、ただ黙ってぽろぽろ涙を流してくれている人がいる。じっと自分のそばにいて、そこを離れないでいてくれる人がいる。このことだけで、ひょっとしたら、自分だけが感じている痛みが向こうにも伝わっているのかもしれないという感じになるんじゃないでしょうか。先ほど言っていた、閉ざされた孤独の痛みを癒《いや》すというのは、そういうことなのじゃないかと思うのです。

〈慈〉と〈悲〉がともに存在するやさしさを

昔、熱伝導の法則というのを習ったことがあります。熱いものがあって、それを冷たい手で触ると、熱が冷たい手の方に移って、手は温かくなるけれども、もともと熱いものが幾分冷えますね。こっちからこっちに熱が移っていくわけです。つまり、人間がじっと手を触れて、あるいは見つめ合い、そばにいるということでもって、相手の痛みをこちら側に流れ込ませる。そして自分もそのことによって悲しみを得る、自分も心が痛む。

それでは、心が痛むことで、あるいは自分の熱が冷めたことで損をしたのか。それは違います。つまり、人間というものは、本当の意味での悲しみや痛みや、心の底からの人間的な感情を味わうときに、その人の心とか魂が浄化され、そして生き生きと活性化していくという現象がある。このことを大事に考えたいと思うのです。私たちは、悩むことで、あるいは痛いと感じることで、他人の苦しみを自分の苦しみのように感じることで、実は自分の心のバランスをとり、そして自分の心の中のわだかまりを浄化させてもらう。そういう力が痛みや苦しみにはある。〈悲〉というのは、そういうことだろうと思うのです。

たとえて言えば、私の両親は学校の教師でしたが、父親は剣道五段で、なかなか武張《ぶば》ったスポーツマンでした。私が子供のとき、ジャングルジムから落ちてケガをして泣きべそをかいたりすると、いきなり突き飛ばして「なんだ、男のくせに。そんなもの、かすり傷だ、泣くな」と叱《しか》ったものです。そうすると、そうかという気もしてきて泣くのをやめた記憶があります。一方、母親の方はなにか古風な人でしたが、額にケガでもして帰ってくると、胸に抱きしめるようにして「ああ、痛いね、痛いね」と唾《つば》をつけてなでてくれたりする。すると不思議なことに自分の心の痛みというものがすっと軽くなるような気がしたものです。

つまり、〈慈〉と〈悲〉というものは、一方は強く、知性的で、明るくて、前向きのヒューマンな励ましの言葉、もう一方は暗くて、湿っていて、前近代的で非合理で、どろどろして本能的である。だけど、がんばれと言われても、立ち上がることができない人に対する最大の贈り物というのは、〈悲〉という感情を自分の心に蓄えることかもしれないと思うのです。

〈慈〉も人間を励ます大事な感情です。だけど、〈慈〉だけではだめなんです。私たちは今、〈慈〉という言葉さえも空回《からまわ》りするような状況の中に生きている。朝、新聞を見てため息をつき、夜、テレビを見て、愕然《がくぜん》とするような時代ですが、そういう中で私たちは、口先だけの励ましというものでは、決して心を動かすことはできないようなところへさしかかり始めているのではないかという気持ちがします。

〈悲〉という言葉は、何かしら前近代的で、封建的で、薄暗くて、じめじめしていて、なんとなく前向きではありません。だけど、空元気《から》の励ましよりも、なんとも言えない人間の思いを込めた、共感とともに痛みを共有する気持ちを込めた〈悲〉というものの存在を私たちはもう一度思い返し、〈悲〉を感じることによって自分が救われることがある。このことを改めて思い出したいと思うのです。

第七章　布施と慈悲

――人にやさしくあるために

布施《ふせ》のさまざまなかたち

ここでは、「布施」のことから少し考えてみようと思います。「布施」とはいろいろな忌《いみ》の日にお寺さんやお坊さんにこちらから差し出す税金のようなものでは決してありません。それはある意味では、「ボランティア」という言葉と非常に深く重なるところがあるような気がします。昔から「布施」と言われていますが、正しくは、「行《ぎよう》」という字が下について「布施行」と言います。

「布施行」とは、いろいろなしがらみから出家はできないけれども、人間として生まれてきた以上はしっかりとした信念と悟りと人生の真実をつかまえたいと思っている人たちが、出家の修行のかわりに行う行のことを言うのです。

布施をすることで、出家をして自ら厳しい戒律を守り、修行をしたのと同じことを期待するというのが「布施行」の本質ではないかと思います。

この「布施行」にはいろいろあって、その一つに「法施《ほっせ》」というのがあります。「法施」というのは真実を伝える、本当のことを知らせる、あるいは人間の生きるべき道を指し示す、という布施行のことです。それから「財施《ざいせ》」があります。私たちの言う布施は大体この「財施」のことを指しています。

もう一つ、三つ目に「無畏施《むいせ》」といって、人々の心にある不安とか、恐怖とか、悩みとか、そういうものを取り去ってあげるという布施の仕方もあります。

「財施」だけが布施であると考えるのは間違いで、人々に法を説《と》き、真実を語る。本当に正しいことを知らせ、人々にやさしい言葉をかけ、心にわだかまっている不安や恐怖を取り除く、これも大事な布施の一つなのです。

この三つの布施のほかにもいろいろあって、たとえば「身施《しんせ》」というものがあります。身体の布施ですね。労働をすることによって布施する。そのほかに「無財の七施《しちせ》」といって、お金もなく体力もない、なかなか時間もないという人たちでもできる七つの布施があります。「眼施《がんせ》」、これは相手をじっと見つめることです。相手を深く見つめる、相手の心を自分の心のように感じ、相手をじっと見つめるまなざし、これも布施の一つです。

そのほかに「和顔施《わがんせ》」という布施があります。花のように気高く美しく和《なご》やかににっこりと微笑《ほほえ》む。その微笑みに出会った人はあたかも春風に吹かれたような心の和みをおぼえて、自分まで幸福になった気持ちがする。そのような微笑、花のような微笑みは世の中を和やかに明るくするということなのでしょう。

いい行ないをすれば、いい報いがある

では、何のために布施をするのか。

インドの人たちは善因善果、悪因悪果ということを考えました。いい行ないをすれば来世でいい報いがある。人生に起こる出来事に原因のないものはない。みんなそれぞれ縁あって生じるものである。悪因悪果、悪い行ないをしたときにはその悪い行ないが縁となって悪い報いがくるというふうに、古いインドの人たちは考えた。世界中どこでもそういう考え方があると思います。

インドには「積善《せきぜん》の人に余慶《よけい》あり」という言葉がありますが、インドの場合の特徴は「個人」を考えるのです。家とか、ご先祖とか、家族とか、兄弟とか、そんなことは全て関係がない。何の某《なにがし》という人間が行った結果は全部その人に返ってくるのです。よく、先祖の何とかがこうとか、お墓の位相《いそう》が悪いから云々《うんぬん》とかいうのがありますが、そういうふうには考えない。インドの仏教

というのはすべて唯我独尊《ゆいがどくそん》、個人にかかってくるのです。ですから積善の人、いい行ないを積んだ人にはいい報いがあるというふうに考えるのです。

これが中国へ行くと大きく変わってきます。中国社会というのは親戚、家族や、家単位でものを考えることを非常に大事にします。中国は家単位、家族単位、そして親戚一同というような親族関係を非常に大事にする社会ですから、中国に渡っていったインドの思想は「家」に変わっていくわけです。「積善の人に余慶あり」が、「積善の家に余慶あり」というふうになっていきます。

そうしますと、自分が何もしていなくても、自分の三代前、七代前のご先祖がやった行ないが自分にも戻ってくるのだ、あるいは自分がやったことがほかの自分の遠い親戚一同の将来にまで響いてくるのだという考え方になります。

ですから中国のお墓は「何々家の墓」ですし、日本も中国の影響を受けていますから、家を非常に大事にしますね。でも基本はやはりインド式の、その人間の行ったことはその人に返ってくるということなのでしょう。

お金をあげたら合掌《がっしょう》し、感謝する

インドへ旅行をした方たちが意外に思われたり、ときには言葉では言えない不満を感じて帰ってこられることがあります。

先にもお話ししましたが、以前はツアーでインドを旅行しますと、ツアーコンダクターに、「たくさんの物乞いの人たちが寄ってきてお金をねだったりしますが、決してお金を渡してはいけません。あげてしまうときりがありませんし、お金はすべてボスのところに回っていって、子供たちの手元には残らないという場合も多いのです」と厳しくたしなめられたものでした。

それでも、人間というのはそうはいかないもので、ちょっとバスを降りて休憩をする瞬間などに、サリーを着た枯れ木のように痩《や》せた母親が目だけ大きな子供を抱いて黙ってスッと前に立ち現れて、その澄んだ眼でじーっとこちらを見つめて黙って手を差し出されると、ツアーコンダクターさんの言ったことなど忘れてしまって、幾《いく》ばくかのポケットの中のお札を渡さざるを得ないような気持ちになってしまうものなのですね。

ところが、出した方の日本人が驚いてしまうのはその後です。受け取った母子がどういう反応を示すかというと、これがほとんど無反応なのです。傲然《ごうぜん》とあごをそらせたままスッと目をそらして、本当にうなずき一つせず、微笑一つせず、サンキューとか、そういう言葉の反応は何ひとつ示さずに無表情のままスーッとその場を離れていく。日本人の旅行者はみんな呆気《あっけ》にとられたような、拍子抜けしたような顔でそれを見送ります。私自身もそうでした。別にありがとうとか、軽くお辞儀をするとか、そんなことはしてもらわなくてもいいから、せめてかすかに微笑むとか、まばたきをするとか、ありがとうという意思表示ぐらいしたっていいじゃないかと心の中でどうしても期待してしまうのです。ところがそういう期待には全く関係なく、物を受け取った人たちはそのままスッと去っていきます。

インドの考え方では物を出す、それは「財施」にあたります。「財施」は布施です。布施は布施行ですから、出すことでこちらが行をさせていただいている。そして善因善果ですから、そのような行ないをした場合のいい結果は全部こちらに返ってくる。向こうの人はそれを手伝ってあげた、そういう場を提供してあげたということになります。ですから私たちは、そのような仮に貧しい母子が黙って手を差し出して、そこに幾ばくかのお金を出した、向こうはサッと振り返りもせずに去っていく、それを合掌《がっしょう》して頭を下げて見送らなければならない。これが布施行なんです。こちらがお礼を言わなければならないのです。

ボランティアはまさしく「布施行」

本書の冒頭でも述べましたが、ボランティアとはまさに「布施行」です。阪神・淡路大震災や東日本大震災などでは、全国からたくさんの善意のボランティアが被災地に駆《か》けつけて、献身的に被災者のために尽くした感動的なケースが数多くありました。

阪神の震災のころから間もない時期に、北陸の日本海の沿岸のほうで重油が流れ着いたときも、自分たちが震災のときにお世話になったからといって、神戸から高校生が駆けつけたそうです。そしてひしゃくで、あるいはバケツで寒い海から重油をすくって、営々と働いて、地元の人たちに感謝された。まさしくボランティアです。それで一時期、若者たちの間で「ボランティア」が、大変流行したことがありました。

ところが一時期を過ぎると、ボランティアの中に勘違いする人たちも出てくるのです。そういう人たちと会っていくつか不平不満を聞いたことがあります。もう半年も一年もやっていると、被災地の方たちがすっかりボランティア慣れしてしまって、当然のように「あれをしろ、これをしろ」と、こっちを下《げ》僕《ぼく》のようにこき使う。その揚《あ》げ句に「ありがとう」の一言さえもない。それが不愉快だというのでムッとして帰ってきた大学生などもいる。そして、「行ってこういう思いをしました」と愚痴《ぐち》る人がいるのですが、これは根本《こんぽん》的に間違っていると思います。それで私は布施行の話をするわけです。

ボランティアというのは布施行なのだ。布施行というのは、それをすること によって相手のためになるのではないのだと。

人のために何かをするということは間違っている。人という字、人偏《にんべん》に為という字を書きますと、これは「偽」という字になります。その下に善という字を書きますと「偽善」という言葉になります。人のためにしているのではないのです。

「君は自分の心の空白を満たすためにボランティアをしているのではないのか。人の痛みを見ていられない、自分のことのように胸が痛む、だから君はそれをすることによって自分の胸の痛みを軽くすることができるのではないか。自分のためにやっていることなのだ。ボランティアは石を持って追われる覚悟でやらなければいけないし、相手がそれに対して感謝の一言もなくても心の中で合掌をして『ありがとうございました』と言って帰ってこなければいけないものなのだよ」と言って、そういう布施の話をしますと、「なるほどそういうことだったんですか。ボランティアは自分のためにやるんですね」というふうに納得してくれました。

〈慈〉は積極的で明るい励まし

相手のためにするのではなくて自分のためにする。それはなぜか。心の痛む人々の姿を見ていることによって、自分の心が同じように痛みを感じるからなんです。相手の痛みが自分の痛みのように感じられる。これが非常に大事なことなのです。根本的に人間を人間たらしめている大事なことだと思います。この感情に昔の人は〈悲〉という言葉を充《あ》てました。慈悲の〈悲〉です。がんばれという言葉が〈慈〉です。慈悲というふうにつなげて言いますが、本当は〈慈と悲〉なのです。慈と悲とは、非常に似た意味の人間に寄せる愛情であり、ヒューマニズムではあるけれど、現れ方が違います。

〈慈〉というのは前向きで、プラス思考なのです。「さあ、立ち上がって、この手につかまって一緒に歩いていこう。そして、あの高い山の頂《いただき》へ向かって前向きに進んでいこうじゃないか」というような、非常に積極的で明るい励ましのことを〈慈〉と言います。〈慈〉は光なんです。

先にも述べましたが、この〈慈〉という感情がどこから生まれてきたかと考えてみると、昔、古代の人間は、インドでもそうですが、家族単位で暮らしていたわけですね。親子、兄弟で住み、やがて親戚ができるというように、血のつながりのある集団が村落をつくって暮らしていた。みんながどこの某の何というように、血がつながって、みんながわかり合っている、そういう社会です。原始の社会において人々をつなぐものは血、血縁なんです。血縁社会と言います。

しかしインダス川とか、ガンジス川とか、そういう川の下流に肥沃《ひよく》な農業地帯ができると、そこに交易やいろいろな市場が生まれ、やがて大きな商業都市ができてきます。さらに、鉄の発見により飛躍的に農業の生産力が高まり、それを交換するための場、商業の場など、さまざまな形での大きな町ができてきます。それをポリスと言いますが、そこにたくさんの人たちが集まってきて、何十万という人が住むようになる。そこに集まってきた人たちは全然血縁というつながりを持たない人々なのです。場合によっては人種も違う、肌の色も違う、使う言語も違う、宗教も違う、風俗習慣も違う。

こういう人たちが集まって一緒に町の中で仲良く暮らしていかなければならないわけで、その人たちをつなぐ心の絆《きずな》というものが必要になってくるわけです。もうそこでは血縁というものは役に立たない。血はつながっていないけれども、同じ人間同士、兄弟、家族のように暮らせる絆というものがなければいけないということで生まれてくるのが〈慈〉という精神なんです。

見も知らぬ人であっても、その人が困っていたらその人を助けてあげよう、あるいは向こう三軒両隣、血のつながっていない人同士が住んでいるのだけれど、前で子供が転んですりむいて泣いていたら、たとえ縁もゆかりもない子供であっても、「どうしたの？　大丈夫？」と言って駆け寄る、そういう気持ちです。

つまり赤の他人であっても自分の家族や兄弟や一族のように感じるという、いわゆるヒューマニズムと訳してもいいでしょう。こういうものが〈慈〉の本質として成立することになります。

〈慈〉を外国人に説明するときに「フレンドシップ」というわかりやすい説明もあります。〈慈〉はもともと古いインドの言葉では「マイトリー」と言います。「マイトリー」という言葉の背後には「ミトラ」という古い言葉がありますが、「ミトラ」というのは友達という意味です。みんなが友達ということであり、非常に近代的で前向きでわかりやすいので、私たちもすぐに理解できますね。

相手の痛みを自分のものと感じること

ところがもう一つ、〈悲〉の方は、非常にわかりにくい。〈悲〉というのは古いインドの言葉では「カルナー」と言いますが、それはどういう意味かというと、辞書にもわかりにくい説明しかついていません。「思わず知らず身体の底からこみ上げてくるうめき声のような感情である」というような解説がついています。「カルナー」という言葉の背後には、うめき声、人がうめき声を出す、そのうめき声というような意味合いの感覚が潜んでいると言われます。

どういうときに人はうめき声を出すか。もうだめだと決意して、あと三カ月でこの世から去っていくんだという人、あるいは亡くなった子供を抱《かか》えて呆然《ぼうぜん》と突っ立っている母親、そういう人たちの前に行ったときに、いろいろな励ましの言葉とか、頑張れとか、希望を持てとか言っても、それは無力であると感じたときに、つまり自分がその人の苦痛を和《やわ》らげてあげることは全くできない存在であると感じたときに、人々は相手の痛みを自分の痛みのように感じ、それを軽くしてあげることのできない自分の無力さを嘆いて、思わず「ふーっ」と深いため息を漏《も》らしたり、うめき声をあげたりするものなのです。この感情が「悲」というもの、相手の痛みが自分の痛みのように感じられるということなのです。

そしてこの慈悲の〈慈〉というものの明るさに比べて、〈悲〉にはある種の暗さというものがどこかに潜んでいます。言葉からいって「悲しむ」という字ですから決してプラス思考ではありません。喜ぶということはいいことだとよく言われます。喜ぶことによって自然治癒力《ちゆりょく》も高まってがんも治るんだという説があります。だから笑い療法といって、落語を聴いたりするような、そういうがんの治療法もあります。しかし、この〈悲〉という言葉には寂しさとか絶望、あるいは暗いというイメージがあり、どうもマイナス思考のように感じられるということで、戦後の七十年間、私たちは慈悲の〈慈〉、励ましという言葉のほうは非常に大切にし、頑張れという言葉は大切にしてきましたけれども、〈悲〉という、何も言わないでそばにいてため息を漏《も》らす、そういう感情をどちらかというと軽蔑《けいべつ》してきたような気がするのです。

　喜ぶこと、笑うことは大切であるけれども、悲しむこと、そして嘆くことはよくない。泣くこととか、涙とかいうものは特に嫌われて、前近代的な義理人情的な、あるいは新派大悲劇、メロドラマチックなお涙ちょうだいという言葉でそういうものは遠ざけられてきたと思います。

〈悲〉によってしか癒《いや》されない心

しかし世の中には、もうどうにもならない、何を言われても自分の痛みや悲しみは励まされてもちっともよくならない、むしろそういうことを言われれば言われるほど自分の孤独感をいや増していくばかりだ、という状況がたくさんあるのです。では、慈という励ましが役に立つときはどういうときか。相手がまだ立ち上がる力も残っている、立ち上がろうとする意思もある、だけどきっかけがつかめないためにうずくまっている、そういうときに手を差し伸べて、「さあ、この手につかまって一緒に歩いていこうじゃありませんか。私たちと一緒に腕を組んで、明るいあしたのほうへ歩いていこうじゃありませんか」と、そういう励ましはとても大事なことですし、うずくまって立ち上がれない人には立ち上がるきっかけを与えることにもなります。

しかし、もう首を左右に振って黙ってうなだれて、「いや、自分に立ち上がる余力はありません。立ち上がったところで意味がありません。私をこのままにしておいてください」という状況は世の中にいっぱいある。そういう状況に対して励ましというもの、頑張れという言葉は、上滑《うわすべ》りをしてその人の心に届かないばかりか、なおさらその人の心を苛立《いらだ》たせるだけなのです。「そんなことを言うのだったら、亡くなったこの子を返してくれますか」と反論されればどうにもならない。〈悲〉というのは、そういう人間のぎりぎりの状況に対して、本当に何か大きな力を果たすものではないでしょうか。それは何も言わないことなのです。そばにいて、相手の顔を見つめて、相手の言葉を聞いて、黙って相手の手の上に手を重ねて、そしてかすかにうなだれる、あるいはポロポロと涙をこぼすだけ。何の役にも立たない、励ましにもならないようなことではありますけれども、それによってしか救われない人の状況というのもあるのです。

私たちは〈慈〉が大切であると同時に、〈悲〉というものの大切さを知らなければならない。そして私たちは戦後、〈悲〉というものを遠ざけて、できるだけ前向きに、明るく、元気よくということだけを大事にしてきたような気がするのです。しかし今、私たちは改めてこの時期に〈悲〉という感情によってしか癒されることのない心を感じるときがあります。

布施の中にも、相手を見つめるという布施がある。それから静かに花のようににっこり微笑むという布施がある。あるいは静かに相手の手の上に手を重ねて、その辛《つら》さや寂しさというものをこちらの側に受け止めていこうとするようなこともある。古い言葉ではそれを「与楽《よらく》」、「抜苦《ばっく》」と言いました。与楽は希望を与える、生きる力を与える。〈慈〉という働き、「マイトリー」という働きはそういうものです。抜苦というのは、痛みを減らす、苦痛を和らげる、悲しみを吸い取る、そういうような意味で、こちらは〈悲〉の働きというふうにされてきたものです。

私たちは長年の間、前向きで、元気よく、プラス思考で、そしてヒューマンでと、こういうことだけ大事にしてきましたが、一見後ろ向きのようでいながら、今、大事なことは、悲しむということを本当に大切にすることであり、自分のために泣くということではなくて、人々のために深いため息をつくという気持ちを大事にすることであり、そして喜怒哀楽の感情を豊かに持って生きていく、そういう時代に一歩でも近づけるようにと祈らずにはいられないのです。

第八章 「泣く」のは日本の文化

——生きるエネルギーの源とは

笑うことで、極限状況も乗り切れる

オーストリアの有名な精神医学者・フランクルの名著『夜と霧』の話は先にも述べました。この本は、強制収容所における彼の体験を冷静につづったレポートです。第二次世界大戦中に、ユダヤ人たちの多くが、ナチスドイツによって隔離され、強制収容所で大変悲惨な運命をたどりました。フランクルもその中の一人として、家族とともにアウシュビッツに収容され、家族は全部そこで

亡くなってしまって、彼だけが奇蹟的な生還を果たします。この本は、その収容所での日々をつづったドキュメントで、世界中で広く読まれました。

その中に先に紹介した以外にも、アウシュビッツのような極限状態の中で、人間が生きていく上で何が必要かという、そのヒントになるようなことがいろいろ出てきます。

その一つにこういうことがあります。

「こういう中で生きていくには人間は笑うことが必要だ。ユーモアが必要だ。だから、一日に一つずつ何かおかしくておもしろい話をつくりあげよう。そしてそれを披露しあおう」と決意します。そして、ガス室で処理された人々をスコップで穴の中に放り込むという、そんな恐怖と飢えの日々の中で、お互いに何か一つずつおもしろい話をつくりあげてはそれを披露しあって、力なく笑う。そうして、毎日、一日に一回、ジョークなり、ユーモアのある話なりをつくりあげては語り合うことを繰り返したというのです。

人間というものは、ぎりぎりの極限状態の中でさえも、笑うことによって生きていく上でのエネルギーを得ることができる。あるいはこわばった心を解《と》きほぐすことができるのです。笑うということは非常に大事なことであり、ユーモアというものが人間の知的で大事な活動であるということは、昔から言われ続けてきたとおりです。

笑うこと、泣くことは背中合わせ

しかしながらそれとは逆に、笑いと反対のこと、つまり悲しむとか、泣くとか、涙とかいうものはなぜか、笑いやユーモアの大事さが言われれば言われるほど、逆にそれは毛嫌いすべきもの、非難すべきもの、克服しなければならないもの、手を触《ふ》れれば汚れるようなものとして疎《うと》んじられてきた気がします。

しかし果たして、笑うことが善で、泣くことが悪であるのか。喜ぶことは人間の精神や肉体にいい影響を及ぼし、悲しむことはマイナスの影響しか与えられないのかと考えてみますと、私はそうではないと考えます。

笑うということと泣くということとは背中合わせの一体の行為であり、泣くことを知っている人間だけが本当に笑う。馬鹿笑いではなくて、心の底から人間の命を支えるような笑いを知ることができるのではないか。暗い気持ちの中にじっくりと沈潜《ちんせん》することのできる人間だけが、本当の明るい前向きな希望というものをつかめるのではないか。悲しみというものを知っていなければ、本当の喜びというものは生まれないのではないか。

悲しむ、たとえば涙を流すという行為にも、笑いにいろいろあるように、本当に心から泣く、心から深いため息をつく、そして全身を投げ打って、大地をたたいて慟哭《どうこく》する、というようにいろいろあるはずなのですが、しかし、こういう体験は私たちにはあまりないのではないか。

よく高校生たちが甲子園で野球に勝って泣き、負けて泣きますが、あれはまだ子供らしい、いわば動物としての条件反射のようなものだろうと思います。そうではなくて、他人のために泣くこともできる。あるいは自分の無力さというものを感じて、思わず無念の涙がこぼれてくる。こういう泣き方もあるにちがいない。ひょっとしたら、私たちは泣くことによって魂のこわばった、干《ひ》からびた状態を癒《いや》すことができるのかもしれないのです。

プラス思考という言葉がひとしきり言われましたが、安易《あんい》なプラス思考というのは単なる楽観主義に過ぎないと私は言い続けてきました。本当のプラス思考というのは、究極のマイナス思考のどん底から、どういうふうにして伸びていこうか、立ち上がっていこうかという、そういう覚悟が決まったときに見えてくるものではないかと思うのです。明るさと暗さ、笑いと涙、あるいは悲しみと喜び、こういうものは、たとえば男と女、父と母、昼と夜、そのどちらが大事という言い方がないように、背中合わせで重なっていて、片方を知る人間がもう片方を知る。夜の闇の暗さや濃さを知っている人間だけが、朝の光や暁《あかつき》の光を見て、朝が来たと感動できるのではないか。あるいは、日中の激しい炎天の中で生き続けてきた人間だけが、黄昏《たそがれ》がおりてきて、やさしい夜が訪れてくることの喜びを知ることができるのではないか、そんなふうに思ったりします。

日本人は「泣く」文化に生きてきた

柳田国男さんの昭和十六年（一九四一）の論文「涕泣史談《ていきゅうしだん》」を先にも紹介しました。この昭和十六年という年は、太平洋戦争が始まる年ですが、国の運命を決するような大きな戦争に飛び込むその半年前の日本の世相を見て、柳田さんは「涕泣史談」を書かれた。そして、そのような文章を書こうと思った動機に触《ふ》れて、「どうも最近、日本人が急激に泣くということが少なくなったような気がする。なぜだろうか」という疑問がきっかけになったと言っています。私はこの論文で柳田さんが考察されている結論については賛成ではないのですが、その結論に至る説明は非常に興味深くておもしろいと思います。

柳田さんは、日本人は古来、非常によく泣く民族であったと言います。しかもその泣くというのも、ただ子供のように泣く、悔しいから泣く、自分のために泣くということだけではなくて、言葉に表現できない万感《ばんかん》の思いというものを、あるいは他人に対する自分の悲しみというものを伝えるために泣く。言葉ではペラペラと上滑《うわすべ》りしていくばかりで、うまく言えば言うほど誠が消えていくから、そのために、泣くという身体的表現を通じて相手に自分の悲しみを伝えようとした。そういう、いわば、洗練された文化として日本民族は泣くということを育ててきたのだというのです。

これは丸谷才一さんの『男泣きについての文学論』の中にも触れられていますが、神話の中の須佐之男命《すさのおのみこと》も泣く、平家物語の中に出てくる武将も泣く、俊寛《しゅんかん》も芝居や能の中で泣く、光源氏もしょっちゅう泣く。源義経なんていうのは武将ですが、吉野で泣き、安宅《あたか》の関で泣き、奥州《おうしゅう》で泣いて、あの男は泣いて国民的なヒーローになったんだなどと悪口を言う人もいます。それ以後もたくさんの人が泣くという場面を芝居や物語の中で示してきていますし、江戸時代は近松の描く物語の中の男女も、よよと泣き崩れますし、明治に入っては『不如帰《ほととぎす》』とか、『金色夜叉《こんじきやしゃ》』とか、そういう涙っぽいものがたくさん日本人の心をとらえてきました。柳田さんに言わせれば日本人はそのように、泣くということを文化として洗練させてきたのです。

そんなふうに、ただ単に幼児的な感情をあふれさせて抑えることができずに泣くということではなく、きちんと泣くべきときに泣くということを美徳としてきた日本人が太平洋戦争の勃発《ぼっぱつ》直前あたりから急に泣くことをやめてしまいます。なぜなのでしょうか。

戦中・戦後は、泣くことができない時代

一つは時代のせいであったと私は考えます。その時代というものは、「進め一億火の玉だ」と、大きな戦争のために国民全体がある種のヒステリーのような状況で、まなじりをつり上げて飛び込んでいく、そういう時代です。男は兵士として、女は銃後の戦士として、そして母親が自分の最愛の息子を戦争で失い、帰ってきた遺骨を渡されても、その遺骨を抱いて、号泣《ごうきゅう》することなどできない時代でした。個人の悲しみで泣くということは許されない時代だったの

かもしれません。

　では、戦争が終わって、私たちは盛んに泣くようになったかというと、そうではありません。私たちは敗戦のその日から、新しい経済大国へ向けて「経済の戦争、豊かなものづくり」という戦いの真っ只中に飛び込んでいくわけです。きのうまでの兵士は新たな生産のための有能な勤労者としてがんばらなければいけない。そして私たちは、営々として、経済戦争という戦争に従事しつつ、前向きに、積極的で、明るく、強くということを美徳としてやってきた。これが戦後の日本人の状況だったのではないかと思います。

　そして、くしくも戦後五十年の境目で阪神・淡路大震災、戦後六十六年では東日本大震災と、人間の力ではどうにもできない大きな災害が続いて起きた。私たちは九州にいる人間も、北海道にいる人間も、東京に住んでいる人間も、あたかも冷水を浴びせかけられたような、そういうショックを受けたと思います。いったん巨大地震に見舞われれば、こんなにももろく、物の豊かさや科学の成果というものが崩壊してしまうのか。「物」って結構頼りないものなんだな、「心」ということを放ったらかしにしてきたけれども、ひょっとしたらもっと大事にしなければいけないのかもしれないと思い始めた。

「心の時代」などと言われて、宗教のこともちらほらと話題になってきた頃に、一連のオウム真理教の事件が起こり、私たちは「心」の面でも冷水を浴びせかけられたような感情を味わったのです。「物」も頼りにならないけれども、「心」といっても宗教に安易に近づいては危険なことになるかもしれない。物も頼りにならず、心も危ないとなれば、何を頼りに、何を目標に私たちは生きていけばいいのか。いろいろなものが現れては消えるのだけれど、決定的なものは何も見出せないままに、私たちはさらになんとも言えない混乱の時代を今、過ごしているわけです。

心から泣くことで、本当の喜びを知る

そういう中で、ではどうすればいいのかは簡単には言えませんが、私たちが

これまで一方的に無視してきた人間の感情というもの、たとえば喜ぶだけではなく、悲しむということも大事なのではないか。笑うだけではなくて、涙を流す、あるいは泣くということ、それも、本当の意味で人間がなんとも言えない涙をこぼすということも、人間にとっては大事なことなのではないかというような考え方が少しずつ頭をもたげてきているような感じがします。

そのとき、間違えてはならないのは、泣けばいいというものではないということです。悲しめばいいというものでもない。本当の涙というものもあるだろう。本当の涙から本当の笑いが生まれてくるということもあるでしょう。

アメリカのユーモア文学の大家であるマーク・トウェインが「ユーモアの源泉は哀愁《あいしゅう》である」と言ったと開高健《かいこうたけし》さんが書いています。人間的な悲しみの中からこそ本当の人の心を解きほぐすユーモアというものが生まれてくるのだ。ただ明るいだけ、おもしろいだけのところから生まれてくるユーモアは本当のユーモアではないというふうに言っているそうですが、なるほどという感じがします。

私たちは今、改めて大事なものをもう一度ちゃんと見定める必要がありはしまいか。泣くということも、その泣き方によっては人間にとって非常に有効な役割を果たすのかもしれない。悲しみを知ることによって、逆に人間が生きていく上での喜びというものをつかみ取ることができるのかもしれないのです。私たちは涙とか、そういうものに対して生理的な反発を覚えるようになっています。そしてそういうものを恥ずかしいと思う気持ちがあります。それは私たちが本当に浅い泣き方しか見ていないからだろうと思います。

たとえば中近東で空爆に遭《あ》って、そして自分の肉親たちを失った母親たちが地面をたたいて号泣するような姿を見て、それを笑えるという人はいないのではないかと思います。そして私たち自身が戦後七十年の間、本当にそういうふうに体ごと投げ出して号泣する、慟哭《どうこく》するというような、そういう体験があったのか、なかったのか。今、ちょっとしたセンチメンタルな映画を見てポロッと涙することはあっても、おそらく本当に泣いたという経験を持っている若い人は少ないのではないかという感じがします。

良寛和尚《りょうかんおしょう》の無言の涙

以前に新潟へ行って、「良寛会」という良寛さんを慕う人たちの集まりで、こんなエピソードを聞きました。典型的なお涙ちょうだいの話なのですが、私は美しい話だと感じました。そういう話を頭から笑い飛ばすとか、パロディにするとかという精神のほうが不健康じゃないかという感じがしたのです。

良寛さんという人は新潟で生まれて、晩年を新津《にいつ》に近い山中で過ごした名僧です。弟さんに馬之助という息子さんがいたそうですが、この人がどうしようもない放蕩《ほうとう》息子で、家業を放ったらかしにして酒色に溺《おぼ》れてどうしようもない。それでその父親が困りはてて、自分の兄である良寛さんのところへ来て、馬之助に何か忠告してやってくれないかと頼み込んだ。良寛さんは「わしにはそんなことはできん」と言ってしきりに辞退したのですが、実の弟の頼みですから仕方なく、気が重いながらその家に行ったというのです。

そして馬之助を呼び出して、前に座らせて何かお説教をしようとするのですが、何もうまい言葉が出てこない。本人を前にしてどういうふうにお説教をすればいいのか。月並みな言葉も出てこないし、自分の一生を振り返ってみても、人に何か言えるような自分でもないという思いもあったのかもしれない。結局三十分ぐらい向き合ったまま黙って座っていたものの、ついに何もまともな忠告をできずに良寛さんは席を立って帰ろうとしたのです。それで座敷の上がりかまちで自分が履《は》いてきたわらじを履こうと腰を屈《かが》めたら、さっきまで仏頂面《ぶっちょうづら》で座っていた馬之助が駆《か》け寄ってきて良寛の足元にひざまずいて、わらじのひもを結ぼうとした。そしてわらじのひもを結んでいると、馬之助の手の甲にぽたぽたと何か落ちてくるものがある。馬之助がふっと見ると、良寛和尚が自分の顔の上で目にいっぱい涙をためてじっとうつむいていたというのです。

話はそれだけなのです。それだけで、その後、果たして馬之助という男が改心してまじめになったか、ならなかったかということは聞きませんでしたが、こういう話があって、またこういう話を大事にしている人たちがたくさんいるということを、私たちはむしろ大切にしたいと思うのです。

馬之助に向かって何も言えなかった。人間には辛《つら》いことも悲しいこともあるだろう、両親の忠告を押し切ってまで放蕩して自分を破滅に追い込んでいるような人間には、どうしようもない何かの悲しみがあるのかもしれない。そんなことをいろいろ考えながら、また自分がどれだけの人間であるか、人にそういう説教ができるような人間なのかと考えると、一語も発することができない。わざわざ来たけれども、馬之助を前にして何も言えずに戸惑《とまど》っている。そういう良寛の無言の戸惑いを、頭ごなしに何か言われると思っていた馬之助はどんなふうに考えて座っていたのか。しかし、とりあえず、悄然《しょうぜん》として立ち上がり、わらじを履こうとした良寛の足元に馬之助が駆け寄って、わらじのひもを結ぼうとしたということだけでもやはりじーんとくるものがあります。

そして、その手の甲にぽたぽたと落ちた良寛の涙、これなどまさにメロドラマと言いますか、お芝居の典型的な場面ではありますが、しかしこういう話を、馬鹿にして笑い飛ばすような私たちの今の感覚のほうがいいのか、何かふっと心に感ずるところがあったほうがいいのか、これはわかりません。けれども、今、私たちはどちらかというと大変乾いた、そして人間的な感情というものをむしろ忘れてしまったような時代に生きている。感情というのは大事なことなのですが、なぜか今は感情的というと、短気な人とか、すぐにヒステリーを起こす人のことを「あの人は感情的でいけない」と言います。では感情が全くない人間がいいのか、無表情でプラスチックのお面をかぶったような人間がいいのか。

私たちは悲しいときには本当に身をよじって悲しみ、喜ぶときは本当に胸を張って喜び、そして泣くときにはちゃんと泣き、笑うときには大きく笑う、そういう感情的な人間の姿をもう一度取り戻す必要があるのではないかと思います。

悲しみに浸《ひた》ることで生命《いのち》がよみがえる

先にもお話ししましたが、以前、ＮＨＫがアメリカの医科大学で行われた実験を放映していたことがありました。

被験者の人たちの体に電極をたくさんつけて、その人たちにすごく楽しいこと、おもしろいことを見せます。その人たちが笑ったり喜んだりする、そのことによってその人たちの体から伝わってくる情報をビジュアルにモニターで再現するのですが、本当に心の底からうれしい、そういうふうに思った人々の細胞が活発に活動を始めて自然治癒力《ちゆりょく》が高まっていくのが目に見えるように表現されていたのです。これにはびっくりしました。人間の感情というものが人間の免疫力や自然治癒力とどう関係しているのかが、目で見てわかるように表現される時代になったのは驚くべきことだと思いました。

しかしその実験には後がありました。それはそこに集まっている被験者の人たちに電極をつけたまま、生涯で最も悲しかったこと、最も辛かったこと、切なかったことを回想してもらうのです。みんな腕を組んだり、うなだれたりしながら一生懸命考え込んでいきます。そのうちには何を思い出したのか、ぽろぽろ涙をこぼしだす人さえ出てくる。そうしますと、どうなったかというと、体の細胞の動きがどんどん活発になってきて、脳の神経のシナプスと盛んに交流を始め、自然治癒力が劇的に高まっていくという様子がモニターのブラウン管にくっきりととらえていたのです。

科学のすごさも驚きましたけれども、それよりも本当に喜ぶのと同じように、本当の悲しみの中に自分がじっと浸ることによっても人間の命が生き生きとよみがえってくるのだなと、喜ぶことと同じように悲しむことも人間にとってはプラスなんだとわかって、そこで改めてびっくりしました。

別にここで泣けとか、悲しめとか、寂しがれとか、そういうことを強制しているわけではありません。ただ、泣きたくなったときに、安易《あんい》にいろいろな楽しいことに気を紛《まぎ》らわせることでそれから抜けよう、抜けようとしている生き方は果たしてどうなんだろうか。私たちは自分が悲しいと思ったときはその悲しみをまっすぐに逃げずに受け止めて、そして心の底から悲しむ。本当に悲しむべきときに悲しめないことこそ、むしろそれは不健康なのではないかと考えるのです。

第九章　喜びの底にある哀愁

――「明るさ」を知り、「暗さ」を知ること

明るさや喜びと同居する憂《うれ》い

最近、いろいろなニュースを耳にしては、「あーあ」とため息をつくことがとても多くなりました。若い頃はよく議論をたたかわせた妻とも、この頃は「これから先が長くなくてよかったね」と珍しく意見が合うのですが、先が短くてうれしいということを、老夫婦が喜び合うような時代はどこか間違っている気がしてなりません。

そういう中で、沖縄への短い旅をよくします。沖縄に行くといつもながら、自分の心がリラックスしてやわらかく感じられます。沖縄は、基地の問題とかいろいろな問題を山ほど抱《かか》えているのですが、沖縄の人たちは伸びやかで明るくて、雰囲気に少しもとげとげしさが感じられない。これは実に不思議です。沖縄には明るさと一緒に、一抹《いちまつ》の寂しさや悲しみ、哀愁《あいしゅう》や憂いというようなものが、二重奏のように流れていて、「ああ、これが沖縄の魅力なのかな」と改めて感じます。

ところで、そういう喜びの背後に流れている寂しさ、憂いの感情、悲しみというものは、実は日本人は昔から非常に敏感に感じていたものではないかと思います。

前に触れた、万葉集にある大伴家持《おおとものやかもち》の歌「うらうらに照れる春日《はるひ》に雲雀《ひばり》あがり　情悲《こころかな》しもひとりしおもへば」にはそれがよく表現されています。

うらうらと春の日が照っている。青い空には若いひばりが元気に鳴いている。草原には青々と草が広がっている。そういう心が弾《はず》むような明るい風景の中でなお、大伴家持は「こころかなしも」というふうに詠《うた》っています。悲しいと。なぜ悲しいのか。悲しいという言葉は万葉の頃にはいろんな意味で使われていたらしく、「いとしい」という意味にも使われていました。悲しいという言葉がいとしいという言葉と同じ響きで感じられるというのは何だろうと考えてみたんですが、ひょっとしたらこういうことかもしれない。

大伴家持が青空のもと、春のかげろうの立つ野に立って若々しいひばりの声を聞いている。ああ、すばらしい季節だなと思う。思った瞬間に彼の脳裏を横切るのは、この「今」は一瞬のものであって、やがて明日、来月、来年と、時の流れは同じもの、同じ形ではありえないのだ、すべてのものは移ろっていく。そして今ここに見える春の風景もやがては夏になり、秋が来て、蕭条《しょうじょう》とした冬が来るであろうと。ひばりも老いていくであろう。そしてまた人間もそうなのだ、と。

ヨーロッパのルネッサンス期の詩人が「春は疾《と》く過ぎゆく」と詠いました。疾くというのは慌《あわただ》しくという意味です。春はたちまち過ぎてゆく、せめてこのひとときを、と詠った。世界の洋の東西を問わず、今そのような春の真っ盛りに生き生きと命がたぎっているさまを見ても、その季節も生き物もこの風景も矢のごとくに過ぎていき、やがては失われていくものである。そして自分もそうである。過ぎ去っていくものを惜しむ気持ち、それが実は「悲し」であり「いとし」であるのかもしれないと思います。

深く悲しむ心を持っていた明治の人たち

かつて、幕末から明治に至った頃、日本は明治維新という大きな革命を経験して、ヨーロッパの先進諸国に後《おく》れをとるまいと、列強の一員として日本を近代化していこうと、坂の上の白い雲を目指してものすごい勢いで駆《か》け上がっていきました。それはあたかも、戦後、経済大国をつくり上げようと、焼け跡の中から駆け上っていった時代と二重写しになる感じもしますが、歴然と異なることを私は一つ見るような気がするのです。

それは何かと言いますと、明治の人々は非常に深く悲しむ心を持っていたということです。万葉人以上に明治の人々は悲しむ心を持っていたと、私は強く感じるのです。逆に戦後の経済大国、あるいはバブルへ向かった私たちの駆け上り方は何かちょっと違います。明治の頃の人々とも万葉の人々とも古代の日本人とも違う。悲しみをマイナス思考であると判断して、それを切り捨て、そういうものを蔑視《べっし》しながら、明るさが大事、笑いが大事、積極性が大事、前向きの姿勢が大事、強いことが大事と、こういうふうにやってきたのではないかという気がしてなりません。

「明治というのは日本の青春だった」というような言い方がしばしばなされますから、「明治は暗かった」などと言いますと、意外に思う人もいるかもしれません。明治は暗い封建時代や鎖国の扉を破った日本の若々しい時代であった、一見明るく前向きのすばらしい時代であったと思われがちですが、それだけではありません。

つまり「坂の上の雲」を目指して、鎖国をしていた封建的な国が列強の中へものすごく短い期間で飛び込んでいく。日清、日露の戦争を経《へ》て新しい資本主義をつくりあげ、富国強兵の道を走っていくというドラマは信じられないほど急速で、かつ劇的なものでありました。そして当然、その過程では、「坂の下の雑草」が踏みにじられていく痛みというものが必ず存在したはずなのです。坂本龍馬をはじめ、明治維新をになった人々を感激的に描かれた司馬遼太郎さんも、実はちゃんとそこのところをおさえていらっしゃるはずです。

隠岐《おき》騒動（一八六八年）といって、隠岐が日本から独立しようとした事件があります。西南《せいなん》の役《えき》（一八七七年）というのもあります。神風連《じんぷうれん》の乱（一八七六年）というのもあります。それだけではなくて、日本中でさまざまな形で日本の近代化の痛みというもの、しわ寄せがたくさんいろんなところに集まっていったのですね。

「悲しいではないか」と挨拶《あいさつ》しあった若者たち

僕が明治の人たちがチャーミングだと思うのは、そういう痛みというものをちゃんと知っていたからです。しかしながら、「情に棹《さお》させば流される」。今ここで誕生した近代日本を流産させてしまうわけにはいかないと。夏目漱石に「涙をのんで」という表現がありますが、その言葉を借りれば、涙をのんで、目をつぶって、ヨーロッパの猿まねをして近代化という上滑《うわすべ》りを滑っていかざるを得ないであろうと明治の知識人は感じていた。坂の下で踏みにじられる雑草の痛みというものを振り返りながらも、それでも坂の下へ下りていって、もう一度谷間へ下りていくわけにはいかない。ここまで来た以上、白い雲を目指してこの坂を駆け上り続けるしかない。だけど雑草の痛みはわかる。だからこそ、「涙をのんで」というのです。のむべき涙というものがあったのです。このことをよくおさえておかないと、明治は明るかった、明治はすばらしかった、そして昭和は暗かったというような、単純な構図になりますが、そうではありません。

高名な作家であり評論家で、熊本の近代文学館の館長もされた永畑道子さんが、熊本県の広報誌にお書きになっていたエッセイの中に非常におもしろいエピソードが紹介されていました。永畑さんのご実家は安永家といって熊本では非常にフリーな明るい雰囲気のお宅であったそうです。そして、かつては、いろんな若者たちが勝手に集まってきて上がり込んで、夜を徹して議論をするのを家の方たちは微笑《ほほえ》みながら見守っておられたという。新聞記者も来れば、演劇青年も絵描きさんも来る、不平分子も集まるというわけで、毎夜安永家では議論の声が絶えなかったというのです。まあ文化的なサロンと言っていいかもしれませんね。

それで、永畑さんがお姉さんから聞いた昔話としてお書きになっているのは、その頃、安永家へ訪ねてくる当時の若者たちが仲間と顔を合わせたときに最初に発する言葉がおもしろかったと言うのです。「やあ、どうしてる」とか、「何かおもしろいことあるかい」とか、そういう話ではない。多くの青年たちが顔を合わせるや否や一様にこう言ったというのです。「悲しいではないか」と。

大声を吐きながら玄関をがらりと開けて入ってくる。そうすると先に来ていた若い青年たちは「おお、おれも悲しい」、こういうふうに応じて、下駄を脱ぐいとまもなく、すでに廊下で侃々諤々《かんかんがくがく》の議論が始まっていたというのです。どちらかというと蛮《ばん》カラな土地柄の熊本で、かつての若者たちは悲しいということを胸を張って、大声で周りの人たちに聞こえるように堂々と言い放っていたのです。

何が悲しかったのか、それはちょっとわかりません。中央政府の横暴なのか、あるいは列強の植民地政策なのか、自分の仕事の悩みなのか、もしかしたら個人的な恋愛なのかもしれません。その理由はわかりませんが、悲しいということを胸を開いて大きな声で言うということが、当時の青年たちの間では普通のことであり、むしろそれが人間的なこととして評価されたと言っていいのではないかと思います。

昔の人々は悲しむということをマイナス思考だとか、暗いというふうには少しも感じずに、人間は悲しまなければならない。悲しみを知る人間こそ人間としてまともであるというふうに考えていたのではないだろうかと思います。

漱石や鷗外の「暗愁《あんしゅう》」に共感した明治人

夏目漱石はいろいろな言葉を残していますが、その中に明治の時代を象徴するようなキーワードが一つあります。それは「暗愁」という言葉です。この「暗愁」という言葉を漱石はしばしば使っています。そしてそれは漱石のみならず、明治の一つの心情の側面を如実に表現するキーワードであったのではないかという気がします。

暗愁という言葉は最近ではほとんどもう見受けなくなりましたし、戦後ではあまり使う人もいません。つまり死語となってしまった言葉ですが、実はこの「暗愁」という言葉は日本人が平安時代から非常に大事にし、愛し続けてきて、幕末から明治、大正にかけては、ものを書く文人墨客《ぶんじんぼっかく》たちの間で流行語のように広く世間に流布《るふ》した言葉であったということを、小島憲之《のりゆき》さんという上代文学の権威がお書きになっています（『ことばの重み』新潮選書）。

明治二十二年（一八八九）、漱石はまだ二十二歳の学生でしたが、彼はその年、仲間たち数人と一緒に房総へ旅行をしました。そして、その旅行の記録を紀行文として全文漢文でまとめます。「木屑録《ぼくせつろく》」という文章です。正岡子規がそれを読んで感動して、漱石と親しく交わるようになるきっかけとなった文章ですが、その中に、「海涯《かいがい》月《つき》黒《くろク》暗愁《あんしゅうヲ》生《しょうズ》」という奇妙な詩の一節が出てきます。海涯、これは水平線のことです。水平線のかなたにむっくりと黒い月が頭を浮かべて上ってくるのが見える。すると心の中に暗愁としか言いようのないような、えも言われぬ感情が潮のように満ちてくる――と。

「海涯月黒暗愁生」、これが、まさに二十二歳の青年の心に深い暗愁というものが落ちていたことを表す一つの資料ですけれども、漱石は生涯にわたって何度も暗愁という言葉を引いています。「客中《きやくちゅう》客《きやくヲ》送《おくル》暗愁《あんしゅう》微《かすカナリ》」とか、あるいは晩年の大正五年（一九一六）ですか、「閑愁《かんしゅう》尽《つクル》処《ところ》暗愁《あんしゅう》生《しょうズ》」。閑《かん》なる愁《うれ》い。ちょっと情緒のある寂しさ。どうでもいいような、そういうセンチメンタルな気持ち。そういうものがすっと過ぎ去っていった後に、えも言われぬ人生の不条理を感じさせるような思い、愁いというものが心の底にどすんと重しのように存在しているのを覚えずにはいられない。こういうことなのでしょうか。

漱石は生涯、二十代の初めの頃から亡くなる晩年に至るまで「暗愁」という言葉を愛用していたようです。これは漱石だけではありません。森鷗外二十一歳の日記の中にも「暗愁」という言葉が出てきますし、永井荷風や国木田独歩や岡倉天心、あるいは後には有島武郎《ありしまたけお》や鈴木三重吉《みえきち》、さまざまな人々が「暗愁」という言葉を使っています。そしてその当時の本を読んだり、そういうことに関心のある読者たちは、著者たちが使う「暗愁」という言葉の意味をよく理解していました。自分たちもおそらくそれをまねて手紙の中で使ったり、あるいは日常の会話の中で使ったり、そういうこともあったのではないでしょうか。

こんなふうに、いろんな人たちが「暗愁」というものを心の中に深く抱いて生きた時代が明治という時代だったのです。そういうものを一方で抱きつつも坂の上の雲を目指して涙を振り払いながら、とにかくひたむきに積極的に坂道を上っていく。ただ単純に、明るく豪快に坂道を上っていったという、そんな時代ではないのです。

一方では、そういう急激な時代の変化の中で踏みにじられ犠牲になっていくさまざまな谷底の雑草の痛みがある。うめき声も聞こえる。そういうものを片方で見ながら、それでもアジアの中でヨーロッパ列強の植民地の犠牲にならずになんとか自立するためには、今はもう振り向くことはできないという覚悟の中で、明治の人々は坂の上を上りつつ、心の中に湧いてくる暗愁を抑えることができずにそのことを言葉にして「悲しいではないか」と言い、文章の中で「暗愁」という言葉を述べていた。

そしてそのような悲しみや暗愁というものを強く感じる作家や芸術家、表現者に対して、たくさんの国民や読者は深い共感と尊敬のまなざしを注いでいた、こういうふうに考えていいと思います。つまり人間というのは強いだけではだめだ、悲しみというものを心に抱いて、そして暗愁とともに生きている、そのような人間こそ立派な人間だという認識が明治の人々の胸の中にはあったということでしょう。

「暗愁」を失っていった近代日本

そういう時代がずっと続いて、そして日本は大正、昭和と列強の中に伍《ご》して富国強兵の道を進んでいきますが、その過程において少しずつ日本人の気風が変わっていきます。

それは、悲しむとか、嘆くとか、寂しがるとか、後ろを振り向くとか、暗い気持ちに沈潜するとか、そういうことは、どちらかというと役に立たないことである。男性は元気な兵隊になるために体を丈夫にしなければいけない。上司の言うことを聞いて楽天的に前向きに進んでいかなければいけない。女性は銃後の戦士として国を守らなければならない。こういう中でいつの間にか、暗愁という言葉は少しずつ日本の社会から姿を消していくのです。

「暗愁」という言葉を絶滅寸前に使ったのが永井荷風で、終戦の年、昭和二十年（一九四五）の七月の十三日の日記です。彼は岡山に疎開《そかい》して、非常に孤独で寂しい日々を送っていました。その文豪荷風の疎開生活を哀れに思った年来の友人読者がある日、岡山市郊外の非常に景色のいい妹尾崎《せのおざき》のあたりにハイキングに誘います。荷風は喜んでそれに応じ、一日杖を引いてあの辺を歩き回り、その日の日記に、「今日はすばらしい、いい一日であった」と書きます。戦争中とは思えない牧歌的な風景であった。農家の庭先や垣根に桔梗《ききょう》や朝鮮朝顔が咲き、水田には緑の苗が芝生《しばふ》のようにある。子供たちは川で魚をとっている。主婦たちは橋のたもとで食器を洗いながらおしゃべりに興《きょう》じている。トンボの姿も見えカエルの鳴き声も聞こえたと。あたかも一幅の絵のような風景で心が大いに和《なご》んだと、そのことを褒《ほ》めたたえて書きます。しかしながら、その日記の一節の中に、「暗愁」という言葉がぽろっと顔を出します。

「薇陽《びよう》の山水見るに好《よ》しと雖《いえど》も」――。「薇陽」というのは山陽地方のことを褒めて言う美称ですね。自然の風景は美しくすばらしかった、だがしかし、いかにその風物風景が美しく心が和んだとしても「到底余の胸底《きょうてい》にわだかまる暗愁を慰《なぐさ》むべきに非《あら》ず」。

いかに山陽地方の風光が明媚《めいび》であり、平和な美しい風景があったとしても我が胸底《きょうてい》に蛇がとぐろを巻くようにわだかまっている暗愁というなんとも言えない思いを楽にしてくれるほどではなかったというのが、この日記の最後の一節です。この日記を書いたのが昭和二十年の七月十三日。やがて八月には原子爆弾が落ちて日本は敗戦を迎えます。そしてその敗戦の直前に荷風が日記の中で「暗愁」という言葉を記したのを最後に、劇的に「暗愁」という言葉は日本の社会から姿を消していきます。

「明るさ」一辺倒で走ってきた限界

私たちは戦後の焼け跡、闇市《やみいち》から新しい経済大国を目指してもう一度坂の上の雲を目指して走り続けていくわけですが、ここが明治維新の坂の上を目指す疾走と違うところは、明治の人々の心の中には常に暗愁があり、痛みがあり、悲しみがあり、涙があり、坂の下の雑草に対するなんとも言えない共鳴の気持ちがあった、だが涙をのんでそれを見捨てていった。

戦後の私たちの疾走というのは、それが欠けていたような気がするのです。奇蹟の成功と言われる戦後復興《ふっこう》で、世界で考えられないようなすばらしい成果を我々はおさめて、経済大国になった。だが水俣の事件をはじめ、いろいろなことがあります。当然のことながら坂の下の雑草の響《どよめ》きが、私たちには聞こえていたはずなのですが、それは聞こえないふりをして、元気よく前向きで明るくという言葉だけで走り続けてきた。そして「暗愁」などという言葉を私たちは使うことをやめ、誰も、それも振り返ろうとはしなかった。

暗いことはよくないことである。明るいことがいいことである。悲しむことはよくないことである。楽しむことはいいことである。喜ぶことによって人間の自然治癒力《ちゆりよく》も高まる、免疫力も高まるということで、私たちは笑いとかユーモアとかというものを人間の大事なものとして非常に高く評価して、明るさというものを強調しつつ、その一方で逆に人々の涙や、泣くということや、悲しむということを触《ふ》れると手が汚れそうな悪徳として嫌ってきたのです。そういうものを毛嫌いしつつ、私たちはただただ一方的に、明るさへのみ顔を向けて坂を駆《か》け上ってきたのです。

そして私たちはようやく戦後七十年を経て、改めて今何かが足りないのではないかと感じ始めているのです。喜びと悲しみとか、明るさと暗さとか、積極性と絶望というものは車の両輪のように両方あって人間なんですね。明治の「坂の上を目指した疾走」の中には、その両方がやはりちゃんと感じられる。ところが戦後私たちはその片方を切り捨てて、明るさ一方を強調しつつ駆け続けてきた。そして一年間に自殺者が二万五〇〇〇人を超えるというような、なんとも言えない社会をつくり上げてしまった。そういう反省が心の中にあります。

私たちは喜びというものをちゃんと知るために、本当に悲しむということを知らなければならない。心底から豪快に笑う。その笑う喜びの陰には地面に体を投げうって大地を手でたたきながら慟哭《どうこく》するような、そういう泣き方というものも思い返さなければならない。

戦後七十年を経て新しい時代への門口《かどぐち》に立とうとする今、まだまだ私たちはそのような人間のマイナスと考えられているようなものに対して、その大事さについての自覚が欠けているような気がしてなりません。

私たちは、喜びと同時に悲しみを、明るさと同時に愁いを知らなければならない。どこの世界にも共通して、人間の悲しみや不安や絶望、そういうものこそが新しい本当の意味での希望や生きる強さをつくり出すものだという気がしてならないのです。

第十章　「生きている」ことの価値
——生命の実感を取り戻すこと

人間を支える力は、見過ごすほどに小さい

人間が究極の状態、最も困難な時代を生き抜いていく、そのときの支えが、一体何であるかということは、昔からいろいろ言われてきました。

たとえば、獄中何十年という状態で、思想を信じて生きて、その説を曲げなかった人たちも戦争中にたくさんいた。イデオロギーとか思想というのも人を支えるものかもしれません。

信仰というものもあります。宗教あるいは信心、強い信仰を持った人は、それを曲げずにさまざまな苦難の中を一筋に、自分の信じるもののために、神を信じ、仏を信じ、そして生き抜くということもあります。

たとえば、欲の深い人というのも、そんなときに、なかなかしぶといかもしれません。また、体格のいい人とか、体力のある人というのも、やはり生き残る率が高いのではないかという感じがします。

しかし、私は、人間が困難な局面の中で本当に生き抜いていく、そういうときにその人を支える力というのは、実は非常に小さなところにあるのではないかと思うのです。

「神は細部に宿りたもう」という言葉があります。人間を生かす力というものには、信仰とか、思想とか、信念とか、あるいは体力とか、そういう堂々たる大きなものも確かにあるでしょうが、私たちが日常何気なく見過ごして、どうでもいいことのように考えている、そういう小さなことにも、実は人間を支えて生きながらえさせ活性化していく力があるのではないかと、ふと考えるのです。

マナーを心得ている人は難局に強い

テレビなどでご覧になったことがあるかもしれませんが、C・W・ニコルさんという人がいます。ニコルさんは冒険家で、南極や北極、アフリカなどいろいろなところに冒険をして、昔はプロレスの前座をやったという経歴もお持ちの方なのですが、彼があるとき、「五木さん、私は日本の若い学生たちと一緒に、南極に行ったことがあるんですが、南極では毎日毎日雪が降り風が吹いて、テントの外に出られない日が一週間も十日も続くことがある。そういうときに、これは意外なのですが、運動部で猛者《もさ》と言われたような、そういうたくましい男性のほうが最後まで音《ね》をあげずに頑張れるかというと、どうもそうじゃないですね」と言われた。「そういう人は意外に弱い」と。

では、どういう人が、風雪に閉じ込められた中で、最後まで頑張り抜けるのかと訊《き》いたら、これがおもしろい。「私の見るところ、まず、朝起きたらちゃんとひげを剃《そ》る人というのはわりと丈夫だ、頑張る」と言うのです。

誰も見てくれる人がいるわけではありません。別にネクタイを締めるわけでもないのですが、朝起きたら顔を洗い、ひげをちゃんと剃る人、そしてそれなりに服装を整え、髪をなでつけるような人、そういう人は意外に生き残る率が高いと言うのです。ニコルさんは続けて、「マナーを心得ている人というのはやっぱり強いですね」とも言いました。

朝起きると、ちゃんと「おはよう」と挨拶《あいさつ》をする。何かしたときに「ありがとう」とちゃんと言う。ご飯を食べるときに「いただきます」と言い、「ごちそうさまでした」と言う。そういう何でもない小さな条件反射のようなマナーをきちんとやる人。そういう人の方が、運動部の猛者などというたくましい男や無作法な男よりも、困難な局面の中で意外に粘り強く頑張ることができたということを、ニコルさんは体験的に語っていましたが、なるほどなという気がしました。

日常の何でもないことが生命を支える力

フランクルの『夜と霧』の話ですが、私が今でもこの本に興味を持って度々読み返しているのは、アウシュビッツという極限状態の中からフランクルが生還しているからかもしれません。

彼は収容所の親しい仲間と一日に何か一つ、おもしろい話を考え出して笑いあおうと決めます。明日をも知れない状況下で、無理やりに、おもしろい話やおかしい話をひねり出しては、それを披露しあって力なく笑うのです。鬼気迫るユーモア、笑い、これもまた人間の生命力を支え、生き延びさせる力の一つであったというふうに彼は考えます。

この本の中には、神への信仰を持った人が、雄々《おお》しく生きていく姿も書かれています。また、政治的な信念を持って生き抜いた人のことも書かれています。しかし、それだけではない。

冗談を言って笑う、ただそのこと一つだけでも、人間が生きていく上での大きな支えになるということをそこから学ぶことができます。

また、同じように、美しいものに感動する心を失わないことも大事なことである、ということも多くのユダヤ人たちの記録から読み取ることができます。

強制労働で立ち上がる気力もない中で、木の向こうに沈んでいく大きな赤い夕日を眺めながら、「なんて素敵な夕日だろう」と、立ち上がってそちらのほうを見上げるような人、また作業場へ行く水たまりに冬の枯れ木が映って揺れているのを見て、「まるでレンブラントの絵のようだな」と、一瞬、その水たまりをのぞき込むような人、あるいは夜中、寝台の上に折り重なって横たわりながら、疲労と空腹で寝る力さえない中で、どこからか、かすかなメロディが聞こえてくると言って窓辺に寄り、その音に耳を傾けるような人――そういうタイプの人たちには、その地獄から生還する可能性があったというのです。

そういうふうに考えてみますと、私たちが普段、ピアノを弾《ひ》く、スケッチをする、俳句をつくる、あるいはカラオケをやるとか、おしゃれをする、そんな趣味のようなことも、命の本質的な部分にはかかわっていないかのようにみえて、実はそうではないのではないか。岩のような信念、高い信仰、そういうものは当然のことながら人間を強く支えてくれるものではありますが、私たちが普段しているどうでもいいような趣味やお稽古事、あるいは日常の何でもない馬鹿笑いというのも、実は大事なことなのです。

生命の実感が薄らいでいる現代

今は、人が生きるということが、非常に難しい時代です。日本は、経済大国と言われてきました。昨今はいろいろと問題も多いのですが、依然として、日本人の預貯金の総額は大まかに一四〇〇兆円と言われ、世界一の金持ち国民だと言われています。

しかし、日本は経済大国であると同時に自殺大国でもある。日本人の自殺者の数はずっと二万人を超えており、交通事故などの比ではありません。前述したように、平成二十六年には約二万五〇〇〇人です。しかも、これは氷山の一角で、救急車の中で助けられたり、あるいは病院で蘇生《そせい》したりする、そういう方たちはその約三倍はいると言われています。

こうした最近の自殺というのは、本当に絶望のどん底から自分で命を投げ出すということではなく、「ああ、なんかもう嫌になってしまったな。面倒くさいな」と感じたときに、ふっと白線をまたぐように、境界線を越えてしまうという自殺が多いような気がします。

〝覚悟の自殺〟というのが昔の日本人にはよくありましたが、そのためにはいろいろな形式がありました。秘《ひそ》かに別れを告げる、形見《かたみ》分けをちゃんとしておく、辞世《じせい》の句を残すとか、衣服を整えて、そして見苦しくないようにしておくとか……。

今はそうではありません。屋上に脱いだサンダルが散らかっていた、あるいはウィスキーの瓶が転がっていたなどと聞くと、こういうのは本当に死ぬという決意をずっと固めてきて、その上で覚悟の死を遂げたというのではなくて、発作的、衝動的、あるいは本当にひょいと軽くという感じがあります。

つまり、日本人の生命というものに対する実感が、随分薄くなったのではないか、命が軽くなったのではないかと考えていいのではないかと思います。

自分の存在が軽いということは、どういうことなのか。

宗教家などはよく、「生かされている自分を自覚せよ」というようなことを言います。非常に耳触《ざわ》りのいい言葉です。「尊い命である。その生命の実感を自覚せよ。そして、生きているだけでなくて、生かされている自分というものを考えろ」……と。

もっともな話でありますが、なにか、きれいな言葉が上滑《うわすべ》りしていて、耳のそばを通り過ぎるようで、なかなか心に響いてこない。

なぜ人間の命が大事かということは大問題なのです。そして、私たちの生命の実感というものが薄らいでいるということは、同時に、自分たち以外の周りの他人、それは、家族であっても友人であっても、ほかの人たちに対する生命の実感も、同じように希薄になっていると考えるべきだろうと思います。

自分の命が軽いということは、他人の命も軽いということです。自分の命をひょいと捨てることができるということは、他人の命をひょいと奪うこともできるということでもある。

「自殺大国」という現実は、自殺と並行して、他の命を失わせるというような事件が、今後ますます劇的に増えていくのではないかと考えられるのです。

とりあえず今日生きているすばらしさ

では、どうやって生命の実感を取り戻すことができるのか、本当にかけがえのない自分の命という実感を取り戻すことができるのか。

私は、そういうときに、生きているということはそれだけでものすごく大変なことなんだと自分たちで気づく、あるいは、子供たちにそのことを教える――そのことが力になるのではないかというふうに思ったりもします。

私たちが子供の頃は、絵本で英雄偉人の伝記がいっぱい出ていました。つまり、よく生きることと、立派に生きることと、ただ生きることとの二つの間に差をつけて、こんなふうになれとプレッシャーをかけられているようで、頑張らなきゃなあという重い気持ちが、背中にのしかかっていました。

よく生きる、つまり立派に生きなければ人間ではない、人間らしく、人間らしい生き方をしなければ人間ではない……。

以前に、ユーリー・リュビーモフという、世界的に有名な演出家で、『ハムレット』の演出にかけては世界一と言われる人とセゾン劇場でお話をしたことがありました。そのときも、ハムレットの演出で来日していたのですが、『ハムレット』のテーマ、つまり、いかに人間的に生くべきか苦悶《くもん》しているハムレットの姿は、現代人の悩みに通じるというふうにおっしゃった。

それで、それも大事だけれども、いかに生きるかということよりも、とりあえず今日、どうやって生きていくかということが、目下《もっか》の問題になっているような人たちが、発展途上国を含めてものすごく多いので、「今はただ生きるというだけでも大変な時代なのではないですか」と言いましたら、「五木さん、それでは、あなたはアリのように生きる人生でも意味がある、とおっしゃるんですか」と言う。

私はびっくりして「当然だと思いますよ。アリのようにであろうと、豚のようにであろうと、生きているということにまず価値があるのではないですか」と言ったのですが、そしたら彼は本当にびっくりして、そういうことを作家から聞くとは驚きだと言われました。

リュビーモフの頭の中に、大変有名なデカルトの「コギト・エルゴ・スム（われ思う故にわれあり）」、思惟《しい》するから人間としての存在があるんだという感覚が非常に深く根づいていたのではなかろうかと思います。

私はそのデカルトの有名な言葉も、一つのもじりだというふうに思っています。もじりであるし、その当時として、大変スキャンダラスな、大胆なジョークであったかもしれない、あるいは発言であったかもしれないと思います。

いかに生きるかより、まず生きる

というのは、近代の生みの親であるデカルトのそうした発言には先行する言葉があって、それより前の時代、すなわち中世に、もっぱら広く人々の間に広がっていたものの考え方、人間観というものは、神学者でかつ思想家であったトマス・アクィナスが言った、「われあり故にわれ思う」という言葉でした。デカルトはそれをひっくり返して、そうではないんだ、生きているだけでは意味がないんだ、まず思惟することにおいて人間の価値がある、人間は考える存在なのだと、こういうふうに言ったわけですが、アクィナスの言葉をひっくり返した、その大胆な発言が、最近、私にはなんとなく色あせて見えるようになってきました。

人間は、どのように生きるかを問われません。まず生きる。一日生き、十日生き、一年生き、十年生きるだけでも人間としての大きな価値があるのではなかろうか。その上で、恵まれた野心や体力、才能、そのようなものを与えられて生まれてきた人間は、自分の心の赴くままに、世のため人のため、偉大な業績を成せばよい。財を積み、発明をする、そして人類に貢献すればよい。そのことを、私たちは仰ぎ見て拍手する必要はない。それはその人にとっての喜びである。そのような素質を与えられて生まれてきたことを、英雄偉人は謙虚に感謝すべきなのではないか——。

逆に、何事も成さずに一生を平凡な人間として過ごす人間も、あるいは、犯罪や不幸な事件を重ねて刑務所の塀の中で生涯を終えるような人々も、あるいは植物人間と言われて一生ベッドの上で生きていく人間も、「生きている」ということにおいて、人間としての第一の値打ちというものをきちんとすでに果たしている。生まれてきて、自ら自分の命を捨てたりすることなく、五年生きた、十年生きた、三十年生きた、そのことだけでも、人間としての大きな生きる値打ちは果たしていると、私は思います。

余力があれば、ということなのです。余力があれば努力し、世のため人のために戦えばよい、頑張ればよい。でも、それができなくて、周りの人から、極楽トンボとけなされ、あるいは犯罪者と言われたとしても、生きて生き続けて、今、生きているということに、人間の値打ちはある。

「存在」というものに、まず、人間の価値の第一歩を置く、という考え方をもう一度思い返し、トマス・アクィナスの「われあり故にわれ思う」という言葉の重さをかみしめることこそ、今、私たちには必要なのではなかろうか。どのように生きるかということは、二番目でいいという考え方を私は持っています。

存在するがゆえに、われ思う

前にもご紹介したエピソードですが、アメリカのアイオワ州立大学のディットマーという生物学の研究家が行ったおもしろい実験があります。

三〇センチ四方、深さ五〇センチぐらいの箱をつくって、その中に砂をいっぱいに満たして、一本のライ麦の苗を植え、水をやりながら四カ月育てますと、そこにヒョロヒョロとしたライ麦の苗が育ってきます。その後で箱を壊して、その貧弱なライ麦の苗を支えるために、どれだけの根を張りめぐらして自分の命を支えてきたかということを数量的に計算する。目に見えない根毛《こんもう》でも、顕微鏡で調べて、こまかく足し合わせていくと、根の長さの総延長数は、一万一二〇〇キロメートルという結果が出たというのです。シベリア鉄道の一・五倍近い長さなんです（『ヒマワリはなぜ東を向くか』中公新書）。

たった一本のライ麦がただ生きていく。それこそ、色つやも悪いだろうし、実もたくさんついていないだろうけれど、その麦は、与えられた砂の箱の中で命を支えて生きていく。そのために、箱の砂の中にびっしりと見えないほどの根までを張りめぐらせて、そこから一瞬の休みもなく、窒素やカリや水分、鉄分など、さまざまなエネルギーを汲《く》み取りつつ、必死で生きて、それだけの苗になったのです。

そういうライ麦に向かって、「おまえ、色つやが悪いじゃないか。実がたくさんなっていないじゃないか」などと文句を言う気は全然ありません。「よく生きたな。よく生き続けて、これだけの努力の集積の上に、自分の存在というものを保たせてきたな」ということに感動するのです。

私たちはライ麦ではありません。ライ麦の何十倍どころか、何百倍、何千倍、ひょっとしたら何万倍の大きな体を持っています。そして生きていく上で、太陽の光や空気や水、あるいは自分たちより弱い動物や植物を食物としてそのエネルギーを奪い取りつつ生きている。しかも、私たちは精神的な存在ですから、物だけではなく、友情や愛、あるいは社会参加とか、目に見えない無数の根を自分たちの身辺や家庭の中に、あるいは地域や職場の中に、さらにはこの全宇宙に向けて、何万キロどころでなく、何十万、何億万キロと広げつつ、そこから一瞬の休みもなくさまざまなエネルギーを吸収しながら生き続けているのです。

私たちが休んでいる間も、遊んでいる間も、体の中では、ミクロの戦いという免疫の戦いが繰り広げられて、私たちを「自己」として守っている。生きるということは、それほど大事なことなのです。

そして、「われあり故にわれ思う」というトマス・アクィナスの言葉を借りれば、生きていれば、私たちは何かと出会うことがあり、そして、生きている意味にふさわしい出来事を、いくつになってもやり遂げる可能性が残っている。

まず生きてこの命を大切にする、自分を殺さない、そして他の命を奪わない。このことを第一義に考え、ゆったりと冗談を言いながら、楽しいことをしながら、この憂《う》きこと多き人生を生きていくべきではなかろうかと、最近つくづく、そう思うようになりました。

努力も必要です。勉強も、読書も、もちろん、苦労することも必要です。

しかし、私たちの人間としての価値というものの第一歩は、この世に孤独な存在として生まれ出《い》で、それを拒否せずに、ありとあらゆる目に見えない触手をこの宇宙に広げつつ、休む間もなく、この生命を維持しつつ、今日まで来たというところにある。

その上で、さらに、第二、第三の人間的なことを成し遂げていけばよいと、そういうふうに考えるのです。

第十一章　「泣く」ことの浄化作用
——より深い喜びを知るために

自然にあるものに、不要なものはない

先日、歯医者さんに行きました。そうしたら、その歯医者さんが非常に勉強熱心な方で「歯を磨きますか」と訊《き》かれる。「磨きます」と答えると、「あまり磨かないほうがいいですね」とおっしゃるんです。

そんなことを歯医者さんから言われたことがないのでびっくりして伺いましたら、時々、七十代の後半から八十歳を過ぎた患者さんで、一本も歯が抜けて

いない、全部自前の歯だとおっしゃる方がお見えになるのだそうですね。

そうした方の歯を拝見すると、全部一本も抜けずに歯が生えそろっているのですが、その歯は歯垢《しこう》だらけで、まるで層のように歯垢がぎっしりとこびりついているという例がすごく多いのだそうです。

その歯医者さんは、歯垢というものは、なにかみんな邪魔なもののように思って、一生懸命歯垢を取ろうとして、歯間ブラシで掃除をしたりしますが、ひょっとしたら、人間の体に出てくるもので、果たして邪魔なものがあるのだろうかと、そういう疑問にかられたとおっしゃっていました。

考えてみますと、昔は盲腸なんていうのは邪魔なものだと言われていましたし、私たちが子供の頃は「念のために扁桃腺《へんとうせん》も取っておきますか」といった感じで取りましたけれども、今はそういうことは余りしないと思います。この自然の中に自ずとできているもので、そんなに邪魔なものとか不要なものはないのではないかなという気が、私はずっとしているのです。

清潔がかえって身体を弱めている

歯周病という病気があって、歯槽膿漏《しそうのうろう》の原因になると言われています。その原因になるのは歯周病菌という悪いバイ菌だと言われて、その歯周病菌を取り除く歯ブラシや、歯磨き粉などが、いろいろ出ています。

しかし、ある研究で、歯周病菌と言われる細菌の中に免疫力を高める働きがあるということがわかったそうで、歯周病菌だけを純粋培養して、そこから、ひょっとしたらがんに効く薬が取れるのではないかという実験が進んでいるのだそうです。歯周病菌なんて、われわれは、何か害虫のような感じで見ていますけれども、そんなことはないんじゃないかと思います。

東京・目黒に、目黒寄生虫館という博物館があります。きれいなものをもう見飽きたのか、よく高校生などが見物に行っています。

寄生虫が私たちの体からいなくなって、アレルギーが出た、アトピーが出たということは、今はほとんど間違いのない事実らしいですね。

先にも触れた大佛次郎賞を受賞された多田富雄さんという免疫学の権威と、かつて対談したときの話です。「僕らが子供の頃になかった０‐１５７とか、なんであんなものが最近出てくるんでしょうね」と伺いましたら、「それは、最近の子供は手を洗うからです」とおっしゃる。

清潔にするということで、滅菌グッズとか、なんとかグッズとか、そういうものが出てきて、周りからいろいろなものをぬぐい去ってしまう。そのことによって自ずから、人体の中に持っている多様な免疫のシステムというものが、どんどん退化していくというのです。その結果、普通では異変を起こさないようなちょっとしたことで異変が起きてくる。

昔の小学生というのは、必ず洟《はな》を垂らしておりました。本当に嘘《うそ》みたいですが、戦争中ぐらいまでは、女の子も二本棒といって、鼻汁を垂らしていました。

その青っ洟《ぱな》を垂らしているということは、実は、鼻腔《びくう》の中にたくさんの雑菌を飼っているということらしいのです。

体の中に、さまざまな形の雑菌がびっしりと詰まっている。頭には白癬《しらくも》というのができる。指先には疥癬《かいせん》というのができる。水虫というのもある。その他、いろいろな形の微生物、寄生虫、そしてバイ菌、こういうものと仲良く暮らしていることでもって、免疫の耐性というものが身体中にしっかりと多様に完備されていたわけです。

そういうものが、どんどん少なくなって、そして、ちょっとしたきっかけで、私たちはいろんな病気にかかりやすくなりました。花粉症も、スギの花粉が原因で、なんて言いますが、果たしてそうなのか。そういうふうに考えてみますと、世の中にいらないものというのはあるのか、そういうものを徹底的に浄化していくことがいいことなのかなと思ったりもします。

本当に無駄なものは、実はない

遺伝子、といっても、私はあまり詳しくないのですが、遺伝子の総合的な形のものを「ゲノム」と言います。そういう遺伝子によって、私たちのいろいろな体の有り様というものが、決定的に左右されているということは間違いありません。遺伝子はたくさん互いに連なっているわけですが、以前はその遺伝子の中で、房のようにくっついている、役割のわからない遺伝子を、「ジャンク」と呼んでいたらしいですね。ジャンクフードとか言いますが、ジャンクというのは、どうでもいいもの、かすみたいなもの、いい加減なもの、といった意味でしょう。ジャンクボンドと言いますと、非常に危ない債券のことを言います。

ところが、やっと最近になって、これまでジャンク視されていた遺伝子が、一つずつ切れていくということで、人間の寿命を実はカウントしている、それが切れていくことで、人間の寿命を数え、寿命を左右しているのではないかと言われるようになってきました。

そんなふうに考えてみますと、私たちの知恵や知識が及ばないだけであって、本当は世の中にいらないものなんてないのではないか――。

近代というものは、邪魔なもの、必要ないと思うものを切り捨て切り捨てずっとやってきたわけですが、最近になってようやく、本当に無駄なものというのはあるのだろうか、という疑問が、心の中に湧いてくるようになりました。

周りを清潔にし、害虫と称して殺虫剤を振り掛けては虫を殺し、植物や虫を片っ端から少なくしていって、今の私たちの状態がある。そして、私たちは今、必ずしもそういう中で、平和で心穏やかに暮らしているとは言えない。

戦後七十年を振り返ってみただけでも、最近のほうが、はるかに奇怪な、猟奇的な、なんとも言えない事件が続発しています。自ら命を捨てる人たちの数をみても、物の乏《とぼ》しかった、生きるに難しかった時代のほうが、はるかに生き生きと暮らしていたような気がするのです。

こういうふうに考えてみますと、われわれはこれまで自分の知識で物事を判断して、これは必要である、だから残す、これは不要なものだ、だから切り捨てるというやり方をしてきたのですが、それは一体どうなのだろうか。

「無用の用」という荘子の言葉があります。役に立たないと思われるようなものが、実は大きな役割を果たすんだということです。

病気を友とする考えが健康のもと

たとえば、健康というものは、非常に大事なことではありますが、健康と人間の寿命は違うというのが、最近の先端医学の考え方であるようです。健康であるから長く生きるとは限らない。多病息災ということもある。そういうふうな見方なんですが、そういう見方が、実は大事で新しいのではないかと、最近考えるようになりました。

「闘病」という言葉がありますが、私はあまり好きではありません。昔から仏教では、四百四病《しひゃくしびょう》は、人間の体の中に自ずからあるものであると教えています。よそからそういう病気がやってきて、人にいじわるをするとかいうのではなく、四百四病、すなわち、あらゆる病気は人間の内側に最初からあり、私たちはそれを抱《かか》えて生きている。それが、心身のバランスが崩れたときに表に出てきてしまうのだという考え方です。こういう考え方によれば、病気というものは人間に敵対する悪い奴というものではなく、私たちの内部にあって、何かを伝えてくれているのだと思ったほうがいいのではなかろうかと考えるのです。

最近は、ちょっとよくなりましたけれども、私は以前から、気圧の変化で偏頭痛が出るのが持病でした。いつも、新聞を開くと最初に天気図を見て、「九八〇ヘクトパスカルか、これはまずいな」と考える。低気圧は大阪から大体六時間ぐらいで東京へ来るのです。福岡から十二時間ぐらい、上海《シャンハイ》からは一日ぐらいでやって来ます。ですから、低気圧の位置を眺めながら、仕事のバランスをとったり、いろいろな工夫をすることによって、そういう状態から、最近は少し遠ざかることができるようになりました。

一時期は低気圧になると、青菜に塩で、目はまわるわ、吐くわ、頭痛がガンガンするわ、物を一つも口に入れずに三日ぐらい倒れていることが月に一、二度はありました。それほどひどかったのですが、最近は頭痛を友として考え、頭痛というのは体のバランスが崩れている証拠かもしれない。頭痛はいつも低気圧と共に発生するのだから、気圧が低くなる気配があるときにはあらかじめ自分の中でストレスを減らし、アルコールを飲まないとか、睡眠をちゃんととるとか、こういう形で逃げるようにしてきましたら、それでも年に何回かはありますが、最近はほとんどやり過ごすことができるようになりました。

そういうことを、あるとき、お医者さんに言いましたら、「いやいや、それは、単に血管が硬くなっただけのことなんですよ。若いと血管が柔らかいから、気圧の変化で拡張したり収縮したりするのです。年をとって、動脈硬化の傾向が出てきますと、気圧なんかには影響を受けなくなるんです」と。

失礼なことを言われてムッとしましたが、確かにそれはあるかもしれません。あるかもしれませんが、私たちは自然と相係わりあっており、あくまで、世の中に無駄なものはないと考えた方がいいのかなという感じがします。

悲しみ、泣くことの心の浄化作用

私たちはそのように、身の回りのもので、邪魔なもの、無駄なもの、あるいは役に立たないもの、前近代的なものというレッテルを貼ったものを排除しながら今日まで来たのですが、同じように、精神的な価値というものについても、そのようにしながら、近代化を一途《いちず》に進めてきたような気がします。

たとえば、悲しむということ、あるいはマイナス思考ということ、暗くなるということ、あるいは絶望する、迷う、悩むということ——こういうことは、それこそ歯周病菌と同じように、人間の心を不安定にするという理由で、戦後は、できるだけ捨て去った方がいいというふうに言われ続けてきたと思います。

暗いということはよくないことで、明るいことはいいことである。悲しむことはよくないことで、喜ぶということはいいことである。泣くということは悪いことで、笑うということはとてもいいことである。

笑うということは、人間の自然治癒力を高めて、生体を活性化する。笑いは批評であり、知性である。だから、笑うということは大事なことなんだとよく言われますね。先に触れたように、笑い療法というのもあって、がんの患者さんに、落語を聞かせたりする病院もあります。そして笑うことによって、抗体がこれだけ活性化したとかいうデータを出したりしますが、果たして、笑うことはいいけれども、泣くことはよくないことなのか。喜ぶことは、人間にとってプラスであるけれども、悲しむことはマイナスなのか。涙を流すことは、人にとってよくない影響があるのだろうか。悩むとか、暗い気持ちに浸《ひた》るとか、絶望を感じるということはよくないことなのか。

明るい、暗いというのは、昔は物理的な表現でしたけれども、最近では、なにか人間の価値を表現するときの評価軸のようになっています。「あの先生は親切で知識もあるし、とてもいい方ね」と言っても、娘が「でも根が暗いのよね」と言うと、「あっ、それはだめね」と、こんなふうになってしまいます。「根が暗い」という言い方で、人を批評して、足蹴《あしげ》にしてしまうような時代ですけれども、暗いということは実は大事なことなのではないかと、ふと考えるようになってきました。そして、悲しむということも、また、喜ぶことと同じように、実は人間の生命力を生き生きさせることがあるのではないか、笑うことと同じように、涙を流すことも大事なのではないか。

私たちは、涙を流して泣いた後に、なにか胸のつかえが下りたような、肩の荷が下りたような、心が軽くなったような気持ちを味わうことがありますね。浄化作用と言います。カタルシスと言って、人間は泣くことで心の中のもやもやを洗い流すことができると私は思うのです。

喜びの量と悲しみの量は比例する

昔、ザ・フォーク・クルセダーズという関西のバンドがありました。そのメンバーの一人で、『戦争を知らない子供たち』などのヒット曲の作詞で知られ、今は九州大学名誉教授の北山修《おさむ》さんと対談したことがありました。そのときに、北山さんが私にこんなことを言ったのです。「僕らの世代は五木さんたちがうらやましいのです」と。

「五木さんは泣きながらおむすびを食べたり、さつまいもをかじったことがあるでしょ」

「いやあ、考えてみるとありますね。まあ泣きながらというほどではなくても、本当に一切れのさつまいもに無我夢中でかじりついた記憶があります」

するると北山さんは、「僕らにはそういう経験がないのです。一度もなかった。物心ついて以来、いつも食べ物は周りにあった。僕らの中学校、高校での苦しみと言えば、どうやってあのまずい給食を先生に見つからずに捨てようかと、それればかり工夫して過ごしてきました。そういう自分たちがとても寂しいと感じるんです。五木さんのように、飢えという体験を持っている世代がうらやましい」と言われた。

ちょっと返事に困ったものですが、人間は絶えず飢えていることは辛《つら》いことですが、やはり飢える体験を持つことぐらいは必要なんだろうなという気がします。

悲しみを知っている人間だけにわかる喜びがある。自分が痛みというものがわからない場合、他人の痛みを感じることができない。他人に対して痛みを感じさせることに、なんら抵抗がないということになるのかもしれません。

二十四時間、自然光や人工光線に照らされた明るい温室の中では、一筋の光がさしてきたとしても、その光に気づくことはないと思います。真っ暗な中で光を求めて必死で闇の中を探している。そこに一筋の光がさしてきたときに、その光がどれほど鮮烈に、どれほど感激的に、こちらの目に映るかということは言うまでもありません。私たちは、そんなふうに、むしろ痛みの中から喜びを、悲しみの中から本当の人間的な感動をつかむことができるのです。深く悲しむことを知っている人たちだけが、本当の喜びを感じ得る。人が感じる喜びの量は、感じ得る悲しみの量に比例する、そんなふうに思います。

明るさや喜びだけではつかめないもの

ドイツのことわざに、「二人で喜べば、喜びが倍になる」という言葉があります。二人で苦しめば、苦しみが二分の一になる、二人で痛みを分かち合えば、痛みが半分になる。きっと、そういうことはあると思うのです。相手の悲しみや痛みや苦しみというものが、自分のことのように、今、感じられていますという、そういう感じを受けつつ、そこで、ため息をつき、ポロポロ涙を流す。何も言わない、そういう人が横にいてくれれば、そして、そばにじっと寄り添ってくれて、こちらの顔を見つめてくれる人がいれば、おそらく、苦しみや痛みを感じている人の苦悩は、少し軽くなるのかもしれないと思います。

私たちは今、大事な時代に差しかかっています。励ましや元気づけや頑張れと言うことはできるけれども、そういうふうに言ったところで、どうにもならないような痛みを抱えている人たちがたくさんいる。

私たちは「悲」という言葉、深く悲しむ、相手の痛みを自分の痛みのように感じるという感情まで、戦後七十年の中で、切り捨てつつ歩いてきたのではなかろうか。涙を流して泣いたり、深く悲しんだり、そして、世界や自分たちの運命そのものに耐えがたいうめき声を発するということは、実は大事なことなのです。

今、私たちは、涙を流して泣くということすら忘れてしまった、そんな荒《こう》涼《りょう》たる時代に生きているような感じがします。体を大地に投げ出して、そして、地面をたたきながら号泣《ごうきゅう》するような泣き方を、私たちは、戦後七十年の間に果たして何回したのか。一日に何十回となくテレビを見たり、いろいろな話を聞いて私たちは笑いますが、しかし、私たちは本当の意味での「泣く」ということなしに生きてきたのではないか。

これから私たちは峠の坂道を少しずつゆっくりと、また、五十年か百年か、下っていかなければなりません。おそらく、大変暗い時代が近づいているだろうと思うのです。暗い時代に、私たちは明るさだけを求めて、そして喜びだけを求めて、笑いだけを求めていたところで、本当の自分たちの希望というものをつかめることはなかろうというふうに思うのです。

第十二章

感情表現の効用

――豊かな「喜怒哀楽」に生きる

人は皆、痛みや悲しみを秘めている

「人の世に憂《うれ》いあり」という言葉があります。どんな人間にも自分だけの、ほかの人にはうまく伝えることができない悲しみや苦い思いや、悩みや、痛みというものがあるものなんですね。それは、ひょっとしたら親にも兄弟にも、理解してもらえないかもしれない。親友にさえ、言っても伝わらないかもしれない。まして、ほかの人たちには決してわか

ってもらえないだろう。

　そういう痛みや悲しみや悩みのようなものを、人間は心の中に、笑顔の背後に隠しながら、それぞれ生きている。中には、自分自身にさえも、そのことを隠して生きていらっしゃる方もたくさんいる。えてして明るくて、行動的で、みんなから本当にうらやましいと思われる方ほど、実は心の中に、自分で思い返したくない辛《つら》い思いというものを抱《かか》えて生きているということもあるかもしれません。

　思い出すと、ギャーッと声をあげなければいけないような記憶がよみがえってくる。それが恐いから、そういうものを避けて避けて、常に行動的に明るく、次から次へと気を紛《まぎ》らわせるようなことをやってはそれから逃げているという、そういうこともあるかもしれません。自分にはそういう悩みなんかない、一度もそういうことで辛い思いなんかしたことないよとおっしゃる方でも、私は、それはその人がそういう思いというものに気づこうとしない、あるいは気づかないように努めているだけなんじゃないかと、ふと思ったりします。

人間が、生まれて、生きて、そして死んでいく。そのことだけでも、なかなかこれは大変なことなんです。私の郷里のご老人はよく「いやあ、難儀なことで……」と言っていましたけれども、人が生きるというのは、そのことだけでも大変難儀なことなんです。

その上に、いろいろなことがある。人は生きていく上で競争しなければなりません。家族や肉親の間でも、感情の行き違いもあります。また仕事というものもある。あるいは、人間関係というものもある。そして、病《やまい》ということもあり、老いということもあり、やがて、私たちは死というものと直面せざるを得ないのです。

誰も自分の生死を決められない

かつて小林秀雄さんと一緒に、講演旅行に行ったことがありました。小林さんは江戸っ子で、非常に軽快な口調で、落語のようなおもしろいお話をなさいます。

しかし、そこでおっしゃる話は、その軽やかな口調とは裏腹の、大変重いものでした。「人間はオギャーと生まれたその瞬間から、一歩一歩死へ向かって歩いていく旅人のようなものである」というようなお話なんですが、話しっぷりがあまりにおもしろいものですから、みんなげらげら笑いながら聴き入っていたものです。

まさに、私たちはオギャーと生まれたそのときから数十年後には必ずこの世を去らなければならないという、そういうはっきりした約束事を抱えて生まれてくるわけです。スーパーの牛乳ではありませんが、首のあたりにスタンプか何かを押されていて、有効期限は八十五年から百年とか……。ひょっとすると、賞味期限もあるかもしれませんね。

とりあえず、私たちはそういう中で生まれてきて、そのことを拒絶することもできず、そしてどこに生まれてくるか、どのような家庭に、どのような人格として、どのような才能や個性を持ってとか、すべてが自らの意思など到底及ばないところから生まれてくる。

金持ちの家に生まれてくる子供もいれば、飢餓線上にさまようような難民キャンプに生まれてくる子供もいる。

かつて湾岸戦争（一九九〇―一九九一年）の頃に、爆弾が落ちた穴にたまった水で産湯《うぶゆ》を使っているクルド族の姿が報道されていたことがあって、「あ あ、どうしてああいうところに生まれなければいけなかったのだろう」と、本当に首をひねったことがありましたが、これは仕方がありません。人間が生まれてくるということ自体が、私たちの力ではなく、どのように生まれてくるか、どのように老いていき、どのように死んでいくかということに関しては、個人の責任というものを随分大きく超えたものがあります。

そして、私たちは競争をしながら生きていかざるを得ません。人間はみんなが幸せになれればいいのですけれども、そうはいかないときがあるのです。兄が才能を開花させて、そしてみんなの称賛を得れば、どうしても、弟はその影に回らざるを得ないこともある。そういうふうに、人間というものは常に他の人たちの犠牲の上に生きていかざるを得ないところがあります。

私たちは、生きていくということだけでも、自分より弱い動物や植物を犠牲にして、そういうものを食物として、エネルギーとして生きていく、という業《ごう》の深さがあります。

生きていることだけで大変

私は、生きているというそのことだけでも、人間は大変なことをしているなと考えるときがあります。

ヨーロッパのヒューマニズムという歴史の中では、ルネッサンス以来、人間の価値は、その人が生まれてきて、与えられた才能や個性というものをいかに伸ばし、世のため人のためにどれだけ大きなことを成し遂げたか、人間の可能性をどれだけ追求したかということにあるという考え方がずっとありました。

ついこの間まではそうだったと思います。

私たちが子供の頃は、野口英世とかいろんな英雄偉人の伝記の絵本がありました。こういうふうに立派になりなさい、そして出世をして有名になりなさい、それは美徳のように教えられたものなんですが、最近、私はちょっと違う考えを持っています。

人間の値打ち、人生の価値というものは、その人が生涯の歩みの中で何を成し遂げたか、どれほどのことを世のため人のために尽くしたか、あるいはどのように有名になり、社会的名声を得たかということではなくて、その人が人として生まれてきて、そして一日一日この難儀な世の中に日を重ねて生き続けてきた、まずそのことに人生の価値というのがあるのではなかろうか。つまり人間はただ生きているだけでも大変な事業を成し遂げているのであると、そういうふうに考えるようになってきたのです。

では、何もしなくていいじゃないか、と思うときがあります。

親戚から極楽トンボと言われて馬鹿にされようが、場合によっては不幸にも罪を犯して刑務所の塀の中で一生を過ごすような、そういう人生であったとしても、人間としての尊い生き方、あるいは価値というものは少しも変わらない。

有り余るような、人よりすぐれた野心やエネルギーや才能を持ち合わせた人は、それを十分に発揮して世のため人のために尽くせばよい、有名になればよい、みんなを楽しませればよい。それはその人の幸せなのであって、他人に自慢することでもなく、周りが必ずしも称賛しなければならないことでもない。そういうふうに生まれてきて、そうした才能を開かせる機会を得たことを謙虚に感謝するべきである。

無名のままに、あるいは平凡な人生を一生送った人といえども、この世の中に生まれてきて、そして三十年生きた、五十年生きた、七十年生きた、いや五年生きたとしても、ただその「生きてきた」というだけでも、実は人間的な大変大きな仕事をしているのではなかろうかと、そう思うときがあるのです。

泣きながら生まれてきたことの意味

いつもお話しすることですが、大変有名なシェークスピアの『リア王』という戯曲の中に、“We came crying hither.”という古い英語があります。「人はみんな泣きながら生まれてきた」というふうに訳した人がありました。

この「泣きながら」というのは、必ずしも産声《うぶごえ》を意味していることではありません。弱肉強食のこの修羅《しゅら》の巷《ちまた》に、そして、愚かしくも滑稽《こっけい》な劇が演じられる人生という舞台に、自らが決意し、それを望んだわけでもなく、私たちは偶然に生まれてくる。

その人生は、それこそ仏陀《ぶっだ》が考えたように、生きることの難儀、そして病を得て、老いていき、死んでいかなければならないという四つの思うにまかせぬことに満ちている。そういう世の中に、自らの意思でなく生まれてくる赤子《あかご》が、不安と恐怖の中に、大きな泣き声をあげる。これは自然のことだと、こういうふうにリア王は嵐の吹きすさぶヒースの荒野でせりふを言うわけです。

「人はみんな泣きながら生まれてきた」

このせりふは、非常に悲観的で極端なせりふのように思えますが、どうしても否定できない真実を、そこに感じざるを得ません。

人生というのは、必ずしも花は咲き、鳥は歌うという、そんな幸福が約束されたものではない。むしろ正直に言えば、昔の人が考えたように、重い荷物を背負って、とぼとぼと夜の道を歩いていくようなものだという考えのほうに、今はある種の真実味を感じる、そういう時代に私たちは今、差しかかっています。

そんな時代に、何が私たちの生きていく力、そして支えとなるのか。

このようなときに元気のいい激励の言葉、それが役に立つかどうか、私は疑問を持っています。むしろどうでもいいような慎ましいこと、これまで振り返ることなく、私たちが顧《かえり》みなかったものにこそ、実はこれから先、大きな峠の坂道を下って、夕暮れの迫る谷底に向けて下っていく、そういう中では役に立つ人生の杖になるようなものがあるのではなかろうか。

それは絶望ということであり、悲嘆ということであり、泣くということであり、悲しむということであり、人生に悩むということである。いわばマイナス思考として、ことごとく退けられてきたようなものの中に、何かしら今本当に力のある可能性が潜んでいるような気がしてなりません。

悲しみ、涙を流すことに意味がある

戦後の私たちの歩みというものは、明るく、元気で、健康で、強く、というものでした。そして、ユーモアと笑いというものは絶対的に肯定されて、それはすばらしいものだと、私たちはもっと笑うことを学ばなければならない、ユーモアは人間の文化であると、こういうふうに言われ続ける一方で、泣くとか、悲しむとか、涙を流すとかいうことは、封建的で前近代的でお涙ちょうだいであり、義理人情であり、新派大悲劇的であるとして、軽蔑《けいべつ》され、排撃されてきました。

しかし、私は、それをちょっとこの辺でもう一度考え直す必要があるのではないかと思います。

笑うこと、そして喜ぶこと、こういうことが人間の細胞を活性化させ、生き生きとした生命力を養う上でとても大きな役割をすることは間違いありません。ですから、がん治療にも笑い療法というのがあります。

同じように、本当に悲しむということ、悲嘆の底に沈むということ、また悲しみに耐えかねて涙を流して泣くということ、あるいは他人の痛みを自分が癒《いや》すことができない、その悔しさの故《ゆえ》に思わずうめき声をあげるということ、ため息をつくということ、こういうことも喜びや笑いなどと同じように、実は人間にとって大事なことであり、大きなエネルギーになることではなかろうか。

私たちはときに泣くことがあります。泣くことによって、泣いた後、心の中にたまっているもやもやみたいなものを一時的にではありますが、スッと解消したような気持ちになることがあります。これを「カタルシス」と言います。

そして私たちはもう一度立ち上がればいい。私たちは深く悲しむこと、悲しむことによって、私たちの心というものに潤《うるお》いを持たせることもできる。「笑うことができるのは人間の特権である」と言いますが、また泣くということを堂々とできるということも人間の特権ではなかろうかと思います。

深くため息をついて、再び歩きだす

前に述べましたが、「恨《ハン》」という古い韓国の言葉があります。字面《じづら》からいって、私たちはそれを恨《うら》みというふうに誤解しがちですが、「ハン」というのは決して恨みではなく、個人的な感情でもなく、それは一つの民族の文化といっていい。そしてどこかに、そこから立ち上がっていこうとする前向きの契機《けいき》を含んだ人間的な大事な感情だ、というふうに私は思います。

「ハン」というのは千年、二千年という長い歴史の中で、人々が体験した痛み、悲しみ、苦痛、悲劇、そういうものの記憶がずっと心の中に伝わり、記憶として残り、それが母から娘へ、娘から子へ、子から孫へというふうに、生きた形で伝承されていき、やがて社会的な遺産として受け継がれてきた、そういう痛みや悲しみの記憶、そういうものを「ハン」と言うのだろうと思います。

そして人々は「ハン」というものを自覚することの中から、さらに立ち上がって新しく生きていこうとする。そういう姿勢を見つけ出すことができるという意味で、必ずしもマイナスの思考であるとは受け取りません。

かつての韓国では、お母さんは娘にこう言ったんだそうです。

「あんたもいずれ、恵まれた生活の中でさえ、なにか日常、ふっと心の中にわだかまる不思議な暗い思いを感じることがあるかもしれない。肩に鉛《なまり》がのしかかってくるような、そういう感じがすることがあるかもしれない。家庭もうまくいっている、仕事も何不自由ない、健康状態もいい。にもかかわらず自分の人生はこれでよかったんだろうかとか、人が生きているとは何だろうとか、そう考えることがあるかもしれない。肉親や家族が他人のように思え、自分がすごくちっぽけな存在に感じられるときがあるかもしれない。そういう感情、訪れてくる感情を『ハン』というのだよ。そういう『ハン』の重さを身にしみて感じたときは、無理にそういうものをやり過ごそうとほかのことを考えたり、あるいは突っ張って胸を張ってそれを振り払おうとして自分を激励したりするよりも、むしろ肩を落として、しゃがみ込んで、はあーと胸の奥から大きなため息をつくといいよ。深い深い大きなため息をつくと、肩に鉛のようにのしかかっている『ハン』の重さというものが一瞬ふっと消えたような、楽になったような気持ちになるもんだよ。そうしたら、そこからまた立ち上がって歩いていけばいいじゃないか」

「ハン」という言葉も非常に雅《みやび》な響きがありますが、そういう「ハン」の重さを一瞬忘れようとして、人が胸の奥から「はあー」と木枯《こが》らしのようにつくため息のことを韓国語で「恨息《ハンスム》」というふうに言うのだそうです。

そして一瞬「ハン」が晴れて、雲間から青い空が見えたような、そういう明るい気持ちになる、そういう瞬間のことを「恨晴《ハンプリ》」と、昔の韓国では言ったのだそうです。「ハン」という言葉も、「ハンスム」というため息のことも、「ハンプリ」という言葉も、なにか美しい響きがあって私は大好きです。そこではため息をつくという何でもないようなことが、実は、人生の危機を支える大きな力になり得る可能性を物語っているような気がしてなりません。

影を見つめてこそ光の存在がわかる

私たちは、とかく明るいところばかりを見がちです。

逆に、今こそ、私たちは背中を丸めて足元をじっと見つめてみる。ため息をつきながら足元を見つめると、そこに自分の黒い影が伸びている。その黒い、濃い影がはっきりと伸びていればいるほど、実は私たちを背中から照らしてくれている強い光があるということに気づくことができます。

私たちは、影を見つめることによっても自分を照らしてくれる光の存在を知ることができるのです。

そういうふうに考えてみますと、本当の悲しみというものを理解できる人間だけが、本当の喜びを理解できるのではないか。絶望を知る人間だから、本当の希望を理解できるのではないか。愛されないということは悲劇ではありますが、そのような孤独の中にいる人間こそ、本当の意味での愛というものを強く求めるのではないか。

最近は、あまりにも恵まれすぎた社会の中で、私たちは乾いたプラスチックのような心と感覚を持ち過ぎているかもしれません。これから先、私たちはできるだけ感動する心というのを養わなければいけない。それには悲しむこと、泣くこと、涙を流すこと、そして怒ること、こういうことを少しも恐れずに堂々とそれができるような、そういう状況をつくり出していくことが大事だと思うのです。

そんなふうに、喜怒哀楽の感情が豊かであるということが、実は「透明な自分」というものと反対の、生き生きした陰影に富んだ自分自身を発見することになるのだと思います。

第十三章

「罪」の文化「恥」の文化

――日本人の「心」の源流へ

心の中はいろいろなものが雑居する

ここでは「心」について、少し雑談風に話をしたいと思います。「忙しい」という字がありますね。これは「忄《りっしんべん》」に「亡」という字を書きます。「忄」の意味は「心」、人の心の深いところをさす、そういう意味ですから、「忙しい」という言葉は、「心を失う」という意味だと聞いたことがあります。まさにそのとおりだろうと思います。私もずいぶん忙しい生活を続けて、それなりにそれを楽しんできたのですけれども、ずいぶん心を失ったものだなと、つくづく思います。時間も失うけれども、心も失うというのが、忙しいということなんですね。

普段はあまり使いませんが、この「忄」のつく字で、「悒《ゆう》」という字があります。

中国や韓国でも「村」のことを「邑《むら》」と書きます。「忄」の右側に「邑」と書く、この「悒」というのは、心の深いところに何か群がっているということであるらしい。心の深いところに「邑」があるというのはどういうことかと言いますと、たとえば、それぞれ性格も違う、年齢も違う、階級も経済状態も違う、そういういろいろな人たちが群がって一緒に住んでいる場所が村（邑）ということです。そうすると、「悒」というのは、心の中に、すっきりと秋の空のように晴れ渡った単一なものではなくて、いろいろなものが雑居して群がりあってとぐろを巻いて同時に存在している、こういう心の状態を言うのだと思います。

「青春」も遠近法で眺めてみれば

いずれにしても、人間というものは、心の中に一つだけではなくて、さまざまなものが同居しているのが自然なんですね。喜びと同時に悲しみがある。希望と同時に挫折感がある。

たとえば、青春なんて言いますけれども、青春だって、ずいぶんいろいろな苦しみもあれば嘆きもある。ちなみに、もともと春を表す「青春」に対応して、「朱夏《しゅか》」、「白秋《はくしゅう》」、最後に「玄冬《げんとう》」と、ワンセットになって成り立つ言葉があります。私たちは、青春だけを切り取ってそれだけをなんだかんだと言いますから、なにか甘ったるくて感傷的な感じがしますが、青春というものの後には、真っ赤な夏、朱夏というものが透けて見える。その朱夏の背後にはさえざえとした、人生の暮れ方のような白い秋が遠くに見える。そして、最後には玄冬が控えている。こういう遠近法（パースペクティブ）の中に青春というものを置いて眺めますと、青春というのも、ある種、なかなか哀切な感じもし、重みを感じる言葉に見えてきます。

少々前のことですが、私は、福永光司《みつじ》さんという世界的な道教の研究家の方とお会いしていろいろ伺ったときに、「五木さん、玄冬の〝玄〟は本来は黒いという意味ですけれど、ただの黒と思ったら間違いなんですよ」と言うのです。黒だけではなく、黒の中にかすかに赤みがさしている黒なのだと。

よく、「白黒をつける」というふうに、物事を単純に考えますが、物事は白とも黒とも、そういうふうに言えるものではありません。白の中に黒が混じっている。黒の中に白が混じっている。〝玄〟の場合には、黒の中にかすかに赤みがさしている。ひょっとしたらこれは、夜明け前の闇が一番暗いと言いますから、そういうものかなとも思います。

玄冬というのは暗い冬ではあるけれども、次に来《きた》るべき春をその中に秘めた、そういうものの予感を感じさせるような赤みが黒の中にかすかに混じっていると説明されますと、なかなか含蓄《がんちく》のある言葉だなと感心しました。

人生を、黒か白かで決めつけない

人間が生きているということは、それだけで希望に満ちた、そして偉大なことであるという考え方があります。しかしそうではなくて、重い荷物を負って、坂道を行くが如《ごと》しという考え方もあります。それぞれ真実を突いていると思いますが、実際には人が生きるということは、その全部が入り組んで、「邑」のように群がって存在しているのだというふうに考えたほうがよさそうです。人間というのは黒でもなければ白でもない。希望だけでもなく、また絶望だけでもない。そのどちらかに偏《かたよ》りますと、世の中に絶望して、自らの人生を途中で断《た》ってしまったりすることがある。

現実というものは常に、そのように深いところにさまざまなものが絡《から》み合って存在しているのです。見えないところにいろいろなものがある。正反対のものが常にある。黒の中にも赤みを帯びた光がある。

私たちは「人生に絶望する」と言いますが、それは世の中を白か黒かというふうに割り切ってしまって、はっきりと分けてしまうからです。分けてしまった上で「人生というのは白である、真っ白である」、「あるべきである」と、こう考えるから、その中に黒いシミを発見すると、もうだめだと思ったりするわけですね。あるいは、「人生というのは真っ黒な存在である、ここには希望もなければ、道徳もないんだ。人はただ生きているだけだ、強い者が勝つんだ」と、黒一色に染めて考えますと、そこからたとえば犯罪というものも何の抵抗もなく行えたりすることになってきます。人生というのはときに白く、ときに黒く、そして黒でも白でもなくいろいろなものが存在して一緒になっている。そういう存在だというふうに考えざるを得ないのです。

欧米より数百年早く、罪を意識した日本

こういうものの考え方を、日本人がどの辺から意識しだしたかというのは非

常におもしろく、興味深いところなんですが、アメリカは歴史の浅い国ですから当然かもしれませんが、欧米よりも非常に早く、日本人はそういう人間観を身につけてきたのではないかと思います。

たとえば、善人や悪人というふうに分けますが、この世間で言う「善」「悪」というのは王法《おうぼう》なことであるというふうに蓮如《れんにょ》という人が言っています。王法というのは世間の決めたモラルということです。善悪というのは世間が決めたモラルである、しかし仏法の前には善も悪もない、これが本当なんだろうと思います。

ですから、こういう考え方とか、人間の罪というものに関する意識――、つまり、生きているということはただすばらしいだけではなくて、人間は生きていることでもって、悪をなしている存在である、罪を背負っている存在であるというような意識を、日本の庶民大衆が抱くようになったのが十二、三世紀から十四、五世紀頃ではないか――。そう考えますと、欧米先進国のキリスト教文化圏の中で、罪の意識というものがきちんと成立するのに比べて、数百年早く、日本人はそのような自己の心の中の罪というものをきっちり意識し始めていたんだなというふうに思うことがあります。

この「罪」というのはどういうことかというとき、「犯罪」と「罪」というものを分けて考えなければなりません。英語でいうと〝crime〟と〝sin〟という言葉になります。〝crime〟は法律上の犯罪。〝sin〟というのは心の罪、内面の罪、絶対者の前において自分が罪人であると感じる、こういう罪のことを言うのではないでしょうか。

誤解された日本人の「恥の文化」

「日本人は恥の意識はあるけれども、罪の意識というものの欠如した民族である」というふうに、戦後、長いこと言われ続けていました。皆さんも一度はそういうせりふを聞いたことがあると思います。それは戦争中に、ルース・ベネディクトというアメリカ人が書いた、『菊と刀』という、日本人と日本人の心性を研究した本が、大変権威のあるものとして世間で評判になったせいかもしれません。

よく言われることに、日本は「恥の文化」であり、「罪の文化」を持っていない、ということがあります。

では「恥の文化」と「罪の文化」はどこが違うのか。

「恥の文化」というのは、人が見ているから恥をかく行いはしないということです。どこかで立ち小便をしようとしてふっと振り向くと通行人が見ている。「ああ、ああいう人たちの前で、こんなはしたないことをしたら不作法な人間だと思われて恥をかく。やめよう」と、こういうことになります。

「罪」というのは、人が見ていようと見ていまいと、してはいけないことはしないということなんです。「誰が見ていなくても、神が見ている」と、こういう感覚です。

武士道というのは日本人の一つの大きなメンタリティとして、欧米でもっとに知られていますけれども、武士道の成り立っている所以《ゆえん》というのは、恥というものを非常に重く見るところがあります。私は、きっとそこから『菊と刀』という本のアイデアが出てきたのではないかと思うのです。

つまり、ベネディクトは、日本人の心の大事なところは侍《さむらい》である、武士道である、これが人間の心というものの一番のエッセンスであると、こう考えた。

そして、武士は恥に対しては死をもってそれに報いる、恥をかくということを最も嫌がる階級である……。

しかし、そこには罪の意識がない。罪の意識がないということは、神という絶対者の前に立つ、その人間と神、個人と神との間の契約というものがないということである。それは、とりもなおさず、個人というものが成立していないということである。ゆえに、日本のカルチャー、日本人の心は、欧米に比べてはるかに劣っている――。ちょっと乱暴な言い方ですけれども、そういう見方がされてきたのではないかと思います。

日本で、罪の意識を初めて確立した親鸞

私は、これは全く違うのではないかと思います。

日本人というのは先ほど言ったように、「邑＝村」に住んだ民族ですから、その中にはいろいろな人たちがいます。恥を重んじる人もいれば、重んじない人もいる。全くそれを考えない人もいるし、考える人もいる。事実、恥のほかに、罪という意識を非常に深く抱きながら生きた、日本の庶民大衆というものがたくさんいたということを、私たちは思い出すことができます。

十二世紀に生まれて十三世紀にわたって大きな仕事をした人に、親鸞という人がいました。親鸞は、空海《くうかい》とか道元《どうげん》とか法然《ほうねん》と同じように、宗派を超えて尊敬された人です。いわば、国民的な一人の信仰者だと言っていいでしょう。

親鸞は何をやった人か。

日本人の中に、「罪」というものがあるのだということを知らしめ、罪の意

識というものを確立した、非常に大きな歴史的な仕事をした人だと思います。

罪業深重《ざいごうじんじゅう》と言いますが、人間は生きているという、そのことだけで、善《よ》いことだけではなくて罪をも犯す存在である。悪い人と善い人がいるのではない。その人の縁によって、その人のさまざまな立場によって、人を殺すこともあり、あるいは善をなすこともある。だから善人とか、悪人とかというふうに、あるいは白い人、黒い人というふうに分けてはいけない。

人というのは不確かなものである。同時に人間というものは生きているということにおいて、さまざまな無意識の悪というものをなす、そういう存在である。すべてわれわれ生きた人間は、悪をなしつつ生き、そして己の悪の自覚なき罪人である——と。

こういう考え方を、ヨーロッパのキリスト教がしっかりと民衆の間に根を下ろして、人々に罪の意識を持たせるに至るのは十五、六世紀です。

それに先立つ三百年ほど前に、しかも、武士や貴族階級というところではなくて、農民や漁師、あるいは狩人や、あるいは流れ者の職人、そういう人々の間に、広くそのような人間の「罪」という感覚を確立させた、浸透させたということは、大変大きなことなんですね。このことは、ルース・ベネディクトには、おそらく想像もつかなかったことだろうと思います。

そして、私たち日本人も、戦後はそのアメリカの見方をずっとなぞってやってきました。

われわれ日本人というのは罪の意識を持っていない。対社会の恥の意識、メンツとか体裁をかまう気持ちはあるけれども、本当の意味での個人の中の魂という問題に対しては、日本人は非常にルーズな人間であると、こういうふうにわれわれ自身が感じ、そのように言い続けてきたのですが、それは非常に大きな誤りだと思います。

念仏に育まれた罪の思想

日本の民俗学のゴッドファーザーとも言うべき柳田国男さんは、大の仏教嫌いでした。柳田さんの常民《じょうみん》像というのは後世に非常に大きな影響を残しました。柳田さんは、「これが日本人である、日本の庶民の姿である」と言われた中から、非常に注意深く、異国の宗教であると柳田さんが思い、本居宣長《もとおりのりなが》もそう思った仏教の影響というものを、排除しよう、排除しようとして、それを切り捨てた中で、常民という感覚を成立させてきました。このことは、たとえば『遠野物語』を読むとよくわかります。

この『遠野物語』は、柳田さんが遠野出身の佐々木喜善《きぜん》という人物の言葉を飾らずに書き写して、大変すぐれた文学作品になっています。佐々木さんは遠野の人ですから、おそらく訛《なまり》の強い東北弁でしゃべったにちがいない。それを飾らずに、曲げずに、そのまま表現した文学作品であると言われてもちょっと困るのですが、困るぐらいに『遠野物語』というのは見事な魅力のある美しい日本語で実にうまく仕上げられた物語です。

その中で、佐々木喜善が、いろいろなおばあちゃんたちから遠野の物語を聞いて、それを柳田さんに報告した。そうした物語を語ってくれたおばあちゃんたちの中には隠れ念仏の人たちがいます。隠れ念仏というのは、いわば無教会派のキリスト教徒みたいなものです。だから遠野というところは、われわれの想像と違って、実は隠れ念仏の里であった一面を持つというふうに考えてよい。それが深く遠野の地下にしみ通っていた、そういう土地であると考えたほうがいいように思います。

柳田さんは、そこでそのことをちゃんと見抜いていて、そして一言の文章でそれを切り捨てています。

「この地には一種邪教《じゃきょう》の如きものあり」

「一種邪教の如きもの」というのは一体何だろうと、私は疑問に思って一生懸命遠野を訪ねたり、いろいろあの地方を歩き回ったりして、「ああ、柳田さんが言ったのは隠れ念仏のことだったんだな」と納得がいきました。柳田さんはそれを認めたくなかったんですね。ですから「一種邪教」という、まがまがしい言い方でもってそれに封印をした。そしてそのような影響を脱色したところに、日本の常民の姿というものを描きあげたのが柳田さんの大きな仕事であった。

柳田さんはすばらしい文学者です。佐々木さんの物語をそのまま文章にしても人を感動させるような物語にはならなかったと思いますが、柳田さんの筆にかかると、実に生き生きした、なんとも言えないハードボイルドな物語になった。『遠野物語』は日本のハードボイルドの傑作だと思いますね。傑作ですけれども、それは文学作品であるということを、私たちは忘れてはいけない。一種邪教の如きもの、として柳田さんが嫌ったもの、実はそれが日本の中に根づいた、念仏という一つの思想であり、その念仏の思想を血となし肉となす中から日本人の庶民大衆は、ヨーロッパに先行してしっかりと罪という意識を心の中に築き上げてきたんだと、こういうふうなことを考えたら、ヒントとしておもしろいのではないかと思います。

私たちがヨーロッパやあるいはアメリカのほうに行きますと、時々質問されることがあって、「日本人には罪の意識がない」というようなことが話題になったりします。

「あなたたちの持っているのは恥の文化である」と言うのですが、それは違う。彼らが知らないだけなんです。日本人はヨーロッパやアメリカなどにはるかに先立って何百年も前に、罪の意識を持っていました。インドで発生して、そしてチベットやさまざまなところを経《へ》て、中国や半島大陸を経て、そして日本に入ってきた、そのような外国の一つの宗教と言いますか、大きな文化というものを長い時間かかって血となし肉となし、そしてそれを見事にこの風土の中で日本人の文化としてつくりあげた。それが親鸞の大きな仕事であったと、こういうふうに考えたほうがいいと思います。

仏教を異教というふうに考えてはいけないのです。文化というものはよそからやってきて、それが根づき、そしてそこに育っていく。育つけれども、その種は最初に生まれたところと同じようには育たないのです。

順化《じゅんか》して独特の日本文化を築いた仏教

皆さんもご存じだと思うのですが、昭和二十年代から四十年代頃まで、セイタカアワダチソウというのがものすごく猛威《もうい》をふるった時代がありました。

　セイタカアワダチソウは、北米から来たものなんです。カナダ原産だという人もいますが、あれは、昭和になって日本に入ってきた外来種の植物です。

　セイタカアワダチソウというのはススキの生えるところに好んで生えるんです。そして、ススキを制圧して、ススキを倒し、その跡を占領して周りの草を枯らしてしまいます。セイタカアワダチソウというのは、開発されて、地面を引っかいた跡によくできるんです。ですから高速道路がつくられると、それに沿って次第に伸びていきます。

　しかし、よく見るとわかるのですが、セイタカアワダチソウが昔のように身の丈《たけ》三メートルということはなくなっています。最近はススキとセイタカアワダチソウが割合仲良く雑居している風景も見られるようになりました。そしてかつての荒々しい、ほかの草を全部枯らしてしまって自分だけが生きるという獰猛《どうもう》な草ではなくなって、非常に可憐《かれん》なセイタカアワダチソウまであちこちに見られるようになりました。

これを植物では順化と言いますが、その土地の風土に馴《な》れて、その土地の風土に自分のサイズを合わせるという意味です。それによって生き延びるということなのです。

インドの仏教も、中国を経て日本に入って、日本で順化され、そして日本の仏教としてこの地に定着したのです。ヨーロッパはキリスト教文化圏です。しかしキリスト教というのはユダヤ人がつくりだした宗教、ユダヤ教から生まれた宗教です。そしてキリスト教とユダヤ教と、そういうものの中からイスラム教というものが生まれてきます。根は一緒なのです。でもそれを「ピレネーの向こうからやってきた異国の宗教である」なんてことはヨーロッパの人は言いません。自分たちは生まれつきのキリスト教徒であるという顔をしています。しかし、もとはといえば、ヨーロッパにとっては異国の宗教だった。

異国の宗教としてそれが渡ってきて、それがヨーロッパの中で血となり肉となり、大変長い時間と成熟を経て、今やヨーロッパとなり、アメリカとなっていると、こういうものだろうというふうに思います。

さまざまが雑居しているからおもしろい

そういう意味で、私たちは実に大きな影響、大きな文化的伝統というものを抱いて生きている、そういう人間たちなのだということをふと考えることがあります。

この国は「邑＝村」の大きなものだという感じがしますけれども、その「邑＝村」の中には、いろいろな人たちが雑居しています。

さまざまなものが一緒にあるからおもしろい。一緒にあるからおもしろいという中で、罪ということ、悪ということを真剣に考えた、そういう念仏者の人々がたくさんいたということは、この国の人々の心の風景というものを、非常に彩《いろど》り深く、立体的に、かつ陰影に富んだものとしていると思わざるを得ません。

たとえば私が今、扁桃腺《へんとうせん》を腫《は》らして具合が悪いとしても、私自身はこういう状態を不健康だとか病気だとか思ってはいないのです。こういう状態のときもある。雨が降るときもあれば、曇った日もあるし、気持ちよく晴れた日もある。人間の心の状態と同じように、自然の状態だと思っていますから、今はこうなんだろうと考えているんですね。

私は、病気と健康、不健康と健康、それから健常と障害、こういうふうに人間を分けるという考え方も本当は違うかもしれないなと、そういうふうに考えることがあります。

人間というのは、健康で不健康、生の中に死をはらんでいる。まさに中国の字で言う「悒《ゆう》」、心の中に「邑《むら》」がある。私どもの日常の暮らしというのは本当に「邑だらけ」なんですけれども、そういう状態が実は人間の当たり前の自然の状態なんだ、そしていろいろな考え方を持った人たちが一緒に集まっている、これもすばらしいことだと、こんなふうに考えてはどうでしょうか。

第十四章　運命と宿命

――人生を生きる上で、大切なこと

長命な人が多い宗教学者や宗教家

月日の経《た》つのは早いもので、今年（二〇一五年）で私はデビュー以来満四十九年になります。来年は五十周年、本当にあっという間という感じがします。

私は一九三二年、昭和七年の生まれなのですが、この昭和七年というのを意識したのは、評論家の江藤淳《じゅん》さんが一九九九年にお亡くなりになった後のことでした。

実は私は江藤さんのお生まれは昭和八年だと思っていたのですが、何かの折に七年を八年と記録違いされて、そのままになっていたのだと知りまして、「そうか、江藤さんも昭和七年だったのか」と、なんとも言えない感慨を覚えました。

江藤淳さんの死に関してその後いろいろと意見がありますが、私は、江藤さんの残された言葉の中の「心身の不自由は進み、病苦は堪《た》え難《がた》し」という一行に、もうそれだけで納得するところがありました。「病苦は堪え難し」——これはほかの人にわかることではないのです。ご当人でなければその辛さというものはわからないのではないかというふうに、私は素直に納得しました。

江藤さんが亡くなって間もなく、インド哲学者であり、仏教学の世界的な権威である中村元《はじめ》さんの訃報《ふほう》がニュースで流れました。確か八十六歳だったと思います。

それにしても、宗教学者とか偉大な宗教家に長命な方が多いのは不思議な感じがしますね。仏陀が八十歳ぐらい。法然が八十歳、親鸞は九十歳ですから、これはその当時としては信じられない長命だと思います。蓮如が八十五歳ですし、『禅と日本文化』という立派な本を書いた鈴木大拙《だいせつ》も、九十一歳から『教行信証《きょうぎょうしんしょう》』の英訳を始めたそうですから大変なものですが、大拙も九十五歳ぐらいで亡くなっていると思います。

東洋における「運命と宿命」の違い

ところで、私は中村さんがお亡くなりになった後、お書きになったものをまた改めて読み返しているうちに、「運命」と「宿命」について書いておられるのが目につきました。

運命と宿命、どちらも同じような感じがしますし、ラテン語にしてもギリシヤ語にしてもサンスクリット語や英語にしても大体、運命と宿命というふうに分けて考えない。ところが、東洋には、あるいは中国なんでしょうか、日本もそうですけれども、運命と宿命という二つの表現があります。

宿命というのは人間が背負って生まれてきて、それを一切変えることができないようなものというような解説もあるそうです。運命というものは、これもまた人間をのせて動いていくものでありますけれども、偶然性が左右する部分だけ変わる可能性もあるのだと、こういうことを書いておられて、なるほどと思いました。

「運」と言いますと、なにか運命というものとちょっと違って感じられるところが不思議です。運がいい、運が悪い。それから運がついてきたとも言いますし、開運のおまじないとか、そういう神社仏閣もあります。

運が開ける、というわけですから、運のほうはかなり変わる。何かによって変わる可能性がある。しかし宿命というのはなかなか変わらない。なかなかどころか、決して変わらない。

たとえば交通事故なんかでも、あと一秒早くその場を抜けるか一秒遅く抜けるかで、衝突せずにすんだはずなのに、ということがあります。たった一秒が命を左右する、まさに運とはそういうものかなと思いますが、中村さんがお書きになっている運命というのは、人間全体が共通して背負っている条件、こういうことを運命という大きなことでおっしゃっているように思えました。

たとえば、私たちが命あるものとして生まれてくる。地上に命あるものはたくさんいるわけです。草にも木にも命がある。そして虫も動物もみんな命あるものです。その命あるものの中でわれわれは人間、人として生まれてきた。このことは私たちの運命である。ということは、共通の運命を私もあなたも背負っていることなんだ、運命を共有しているのだ、運命の共同体という乗物の同じ乗組員なのだと。

この地球という大きな惑星の上に私たちが生まれた。これも大きな運命の一つである。民族とか人種とか、時代を隔《へだ》てずに私たちは地球という乗物の上に人間として生まれた。もっと狭く言いますと、たとえば日本人としてここに生まれた。あるいは、昭和に生まれて平成に生きているという、こういうこともたくさんの人たちと同じように共通の条件として背負っている。つまり運命の共同、共通の運命を担っている。このことは実は本当に不思議なことなのであって、得難い大変なことなのであると、こういうふうにおっしゃっています。そして、私たちがそのような大きな運命の手のひらの上にのっている者同士であるということを意識するならば、運命の共同体の中に生きている者同士としての連帯感や、あるいは家族のような感情が生まれてくるのではないかと言うのですが、これは非常に大事なことなんです。

同じ仲間であり、そして家族としての人々、こういうふうに考えますと、その間に確かにある濃密な連帯感というものを感じる、あるいは理解することができます。そのためには私たちは運命というものの一つの手のひらの上にのっている、自分たちはその運命を出ることができない、不自由な存在であるということを深く自覚する。こういうことが必要だということなのです。

運命とは、戦い、切り開く対象なのか

この運命を自覚するというのは、近代においてはなにか負け犬の考え方のよ

うに言われてきたことなんですね。

運命を自覚して、その運命と戦う。運命を打ち負かし、運命を切り開く。これが近代の人間の考え方でした。非常に挑戦的であり、人間はあらゆることが可能であると考えるような、ある意味では傲慢《ごうまん》な考え方の中で私たちは十八世紀から、十九世紀、二十世紀という時代をつくってきた。

たとえば地上の高峰、エベレストであれアルプスであれ、ありとあらゆる山を、人間の足でそれを征服するという言葉で表しました。征服してその頂上に国旗を打ち立てて、そしてその白銀に輝く未踏の高い山を人間のたゆまぬ努力と創意工夫によって征服したと、こういう言い方をしたものです。

エベレストなどは聖なる山として現地の人々の崇拝《すうはい》の的《まと》になっているわけですが、近代の登山家たちはそこを征服の対象として考え、それを征服することによって、人間には無限の可能性がある、ちっぽけな人間でもその気になって成功を信じてあらゆる努力を惜しまなければ、これだけの大きなことができるんだという証拠として、近代のアルピニズムというものは世間から認知されていました。

そういうふうにみてきますと、私たちは運命というものの大きさとか重さとかいうものをいつの間にか軽くみて、そしてそれを忘れたのかなという感じがするのです。

私たちは運命の共同体の上に生きています。極点のオゾン層が破壊される、あるいはアマゾンや各地の熱帯雨林が破壊される、大気が汚染される、あるいは核の物質がどこかで大爆発を起こせば全世界が核に汚染される。そのとき、私たちはどんなに個性が違おうと、どんなに民族が違おうと、共通の運命というものに見舞われてしまうわけです。これが、運命の共同体ということなのです。

こういう運命というものを近代はいつの間にか無視してきた。ギリシャ、ローマから日本の神話まで古典的な時代は、運命が人間を左右する、運命によって支配される人間たち、と考えていたのですが、いつの間にか運命は、人間がその気になって踏みつけて切り開いていけば、変えることのできるもの、人間の力に敗れるものと、こんなふうに考えられていると思います。

しかし、私たちは中村さんがおっしゃるように、今、運命というものをしっかりと自覚し、その重さの中で私たちは生きているのだということを認めざるを得ないのです。私たちがどんなに創意工夫をこらしたとしても、たとえば地上の温度が何度か上がって、極点の氷が全部融《と》けて流れだしたとすれば、そのときにはもはや日本も水没する。これはどんなに個人の努力や創意工夫や人生に対する愛や、そういうものや信仰や、ありとあらゆるものを振り絞ったところで、どうにもならない運命の共同体の中に私たちが生きているということの証拠なのです。

全宇宙でたった一人、自分という宿命

こういう大きな運命というもののほかにもう一つ、人間には宿命というものがあります。

宿命というのも非常に暗いイメージがあって私は好きではないのですけれども、それでもそれを否定できないことがあるのは確かです。それというのも人間というものは一人一人違って生まれてくるということなのです。「天上天下《てんじょうてんげ》唯我独尊《ゆいがどくそん》」という言葉がありますが、これは俺ひとりが偉いんだという言葉ではなくて、自分はほかの人と違う。万人いても、万人一人一人がたった一人の自己である。ほかの人たちと違ったものを背負って生まれてくる。それ故《ゆえ》にこそ自ずから尊いのだということなのです。

百万人いたら百万通りの人間がいる。遺伝子も違えば性格も違う。顔かたちも違えば心持ちも違う。その差というのは、まさに兄弟であろうと親子であろうと、やっぱり違うのです。たった一人、この大きな地球上に、あるいは全宇宙の中でたった一人しかいない自分、これを宿命というふうに考えざるを得ないような気がするのです。そういうものを背負って私たちは生まれてくるのだと。

そう考えますと、宿命とか運命とかいうのは非常に古くさいもののように感じられますけれども、実は運命を意識することで私たちは他人を自分たちの一部のように感じ、宿命を自覚することでその宿命の枠の中で宿命を背負いつつ、それでもその途中でその宿命を放棄《ほうき》することなく営々と歩み続けて、五年生きる、十年生きる、三十年生きる、五十年生きる——。

こういうふうに生きてきた自分というものをいとおしく、なんと健気《けなげ》な存在であろうかと、こんなふうに感嘆せざるを得ないところがあるのです。そういうところからしか自分への肯定、自分への愛、あるいは自分の命が大事、命の尊さという実感は生まれてこないと思います。

運命や宿命を自覚しあい、絆《きずな》を取り戻す

とかく近代というものは、こうした宿命とか運命とかいうものを克服してそれを乗り越えていくもの、人間の革新と努力と希望、たゆまぬ進歩、そういうもので乗り越えていく対象というふうに考えてきましたけれども、そこから生

まれてくるのは無限の弱肉強食の修羅《しゅら》の巷《ちまた》であり、あるいは渇ききった人間不在の荒野である、こういう感じがします。

むしろ私たちは天というものを意識したり、運命というものを意識したり、宿命というものを強く感じる。そういう存在である自分というものをあきらめる。明らかに究《きわ》める、こういう意味でのあきらめるということです。運命には逆らえないものだと明らかに究めると考えますと、自分の限界というものを知り、そして運命の大きな動きの前には個人の努力や信頼など、本当に無に等しいものだと謙虚に認めることであり、これは実はものすごく勇気のいることなんですね。

この地球上に人間として生まれてきたことを我々はあきらめなければならない。あきらめることによって、私たちは逆に共通のあきらめを抱きつつ歩んでいる人々と、なにか共に同じ方向へ同じ荷物を負って歩いている者同士という、そういうつながり、絆というものを発見できるのではないか。

近代は競争の時代でしたから、私たちはお互いに敵だったのです。敵であるからして、私たちはばらばらに離されていた。今、その離された絆をもう一度取り戻す。取り戻すきっかけは何か。運命を自覚し、宿命を自覚するという、こういう方向であるのかもしれないという感じがします。

限界を知り、認めることで謙虚な生き方を

なぜ今、運命や宿命について話すのかと言いますと、人間にはどうにも自分の努力とか、意志の力とか、あるいは誠意とか、愛とか、こういうことでどうにも変えられないものがあることを、私たちはちゃんと納得しなければいけないという気がするのです。

いや、それではあんまりだ、人間は自分の一生というものを自分の努力や前向きな姿勢や、そういうものによってどんどん新しく切り開いていくんだと、こう考える人からすると、そんなもの、宿命に唯々《いい》諾々《だくだく》として従うのかと言われると思いますけれども、人生にはできることとできないことがある。そこを

きちんとわきまえて、むしろどれほどできないことが多いのかをわきまえるところから、人間の謙虚さとか、今一番欠けている、大事な感謝の気持ちとか、そういうものが生まれてくるのではなかろうかと思うのです。

私がこうした運命とか宿命とかいうものを考える一つのきっかけになったのは『歎異抄《たんにしょう》』という書物に出てくる文章です。『歎異抄』というのは、親鸞が亡くなった後に、唯円というお弟子《でし》さんが、親鸞の生前の言行録をまとめた書物ですが、その中に大変有名なくだりがあります。

親鸞を絶対的に信じ、命じられることには何でも従うと明言する唯円に、親鸞が問いかけます。

「もし私が、そなたに、極楽浄土に往生するためには千人の人を殺さねばならぬ。街へ出ていって千人の人を殺してこい。さすれば極楽往生は間違いないと命じたらどうするか」

すると、唯円は窮しながらも答えます。

「いやあ困りました。臆病者で虫さえ殺すのに抵抗のある自分は、千人どころか一人も殺せる人間ではありません。お言葉だから守りたいと思ったところで、到底私にはできません」

するど、親鸞は言うのです。

「言葉には絶対背《そむ》かないと言ったのに、千人殺せと言われたら途端にそれはできないとお前は答えた。それはお前に千人殺すべき業縁《ごうえん》がないからだ。もしお前が千人殺すべき業縁を持っていたら、一人も殺してはならぬと心に誓っていたとしてもひょっとしたら千人殺したかもしれないのだ」と。

そのように人を殺したり殺さなかったりすることさえ、性格や心根が良くて人間が立派だからでも、何でもない。「さるべき業縁のもよおさば」と、こういう表現で言っています。そのような宿命とか運命とかがあるかないかによって、人間というものは何をするかわからないものなのだと。

親鸞がこのように言ったのは、その当時、悪人善人という形式的な分け方の中で、自分だけはそういう愚かしいことは絶対しないと、安易《あんい》に思い込んでいることに対して、それは違うぞと、人間というのは不安定なあやうい存在であって、もしも条件や境遇や運命がそれをもたらしたなら、何をするかわからないものだと、またそのようなもとにあって強制されたとしても何かをしないということもある。自分が善くてそういうことをしなかったり、悪くてそうしたりするのではない。そのことをよく考えなさい。業縁、つまりは宿命や運命というものの大きさを謙虚に自覚し、思いあがってはならないと、人間の傲慢さを戒めた言葉だろうと私は解釈しています。

生まれついた性格や素質を悔やまない

私たちの人生や運命や宿命というものには、変えることのできないものがある。変えることのできないものが世の中にはある、人間が逆らうことができないものがあるとわきまえて、私たちは宿命なり運命なりを受容することが、むしろ主体的な人間の生き方ではないかというふうに思うことがあります。

人間というものは生まれてくるか、こないかさえも自分では決められない。

つまり、もうその点からして私たちは非常に不自由に運命づけられていると考えていいのかもしれません。しかも、最後は死という出口から退場しなければならないように運命づけられているのです。

もちろん、努力によってできる部分というのはすごくあるのです。しかし、人間は生まれてきたときに、素質というものを持って生まれてきます。たとえば、スポーツの素質、反射神経、運動神経の素質というものを抜群に持っていたイチローという少年は、それだけではなくて野球が大好きな父親に恵まれるという、そういう環境をも運命づけられて生まれてきました。父親と一緒に一生懸命努力をし、よき先輩と出会い、よき監督と出会い、そしてああいうふうに天才的な野球の選手として世の中で生きていく——。

これを「いや、彼は努力したんだ」と言う人がいます。本当に一生懸命努力したにちがいない。確かにそれはそのとおりだろうと思います。「玉磨かざれば光なし」といって、ダイヤモンドの原石でもちゃんと磨かなければ光りません。しかしダイヤモンドだから磨けば光るのです。石は石です。これはやはり認めざるを得ない。

また、努力と言いますけれども、努力もひょっとしたら反射神経、運動神経のように与えられている素質ではないかと私は思うことがあるのです。努力が好きな子というのはいるのです。私は努力が苦手で、中学、高校の頃はいつも机の前に「努力」とか、「克己《こっき》」とか、半紙に筆で書いて貼っておきましたけれども、三日と続かない。意志薄弱で、日記も大体一月の半ばで終わります。それでも毎年買うから不思議です。ところが、本当にそれを楽々と何年も永続させることができる人がいるのです。

自分をやさしく認めることが第一歩

皆さんの中にも、自分は意志が弱いのではないかと、そのことを残念に思ったり、あるいは自己嫌悪に陥ったりする人もいるでしょう。けれども、その必要は全くありません。それは身長が高いとか低いとか、顔立ちがどうだとか、あるいは何に向いているとかと同じように、生まれつきの質なのです。それはもう自分に与えられたものなんです。全然気にする必要はない。努力が嫌いな性格に生まれついたのです。

勉強が好きな子は楽々と勉強をしますし、死ぬほど勉強が嫌いな子は頑張れと言われてもそれはできません。面長《おもなが》とか、丸顔とか、ぽっちゃりとか、そういう違いと同じなのです。ですからそのことは気にしないで、それは運命であるとちゃんと受け入れる。受け入れたところから人生というものへの第一歩が始まるというと大袈裟《おおげさ》なんですが、そういうことがありそうな気がします。

確かに努力も必要です。誠意も必要です。やらなければいけないけれども、やれなかったときにがっかりしないで、ああ、自分はこういう素質に生まれついているのだなというふうに思って、それでも私は生きている、生きてきた、これからも生きていくであろう。そういう人間なんだと考えて、自分をやさしく認めてあげる。

このあたりからスタートして、一日も早く、人々が自分で自分の命を捨てたり、他人の命を傷つけたりすることのない、そういう時代になればいいなと私は思うのです。

あとがき

私は「語る」ことについて、「書く」ことと同じように大切に考えています。古くから人は言葉を使って思いを伝え、考えを表現してきました。文芸というものの成立が、まず語ることから始まっているのです。

釈尊《しゃくそん》もキリストもソクラテスも孔子も、文字のある時代にもかかわらず、自分で書くことをしませんでした。繰り返し繰り返し語ることの力を、書くこと以上に信じていたからかもしれません。

本書は、スミセイライフミュージアム「生きる」（一九九七〜二〇〇三年）というフォーラムのなかで、私が毎回講演させていただいた内容に、現代の世情や社会情勢を踏まえ、手を入れてまとめたものです。

住友生命健康財団の歴代のご担当者方々、立ち上げ段階から一貫してご尽力いただいた大阪電通の和泉豊さん、全一七冊の「生きる」の編集に携わったすべての方々、そしてこのイベントに参加し、支えて下さった皆様に心より感謝いたします。

また「公益財団法人　住友生命健康財団」（理事長・須崎晃一氏）に改めて感謝を申し上げたいと思います。さらに編集に際しては、ＰＨＰ研究所文庫出版部の根本騎兄さんと武藤郁子さん、装丁の片岡忠彦さんにお世話になりました。ありがとうございました。

五木寛之

本書は、スミセイライフミュージアム・五木寛之論楽会「生きる①」（一九九七年九月）～「生きる⑰」（二〇〇〇年十二月）の著者講演部分をもとに、現在の社会情勢などの見地を踏まえ、加筆・修整・再編集した文庫オリジナル作品である。

著者紹介
五木寛之（いつき　ひろゆき）
1932年（昭和7年）福岡県生まれ。平壌で終戦を体験し、47年引揚げ。早稲田大学中退後、66年『さらばモスクワ愚連隊』で小説現代新人賞、67年『蒼ざめた馬を見よ』で直木賞、76年『青春の門　筑豊編』他で吉川英治文学賞を受賞。2002年、菊池寛賞受賞。主な著書に『朱鷺の墓』『戒厳令の夜』『蓮如』『大河の一滴』『生きるヒント』『養生の実技』『他力』『林住期』『遊行の門』『人間の覚悟』など多数。
2010年、長編小説『親鸞』で毎日出版文化賞特別賞。その後、『親鸞【激動篇】』『親鸞【完結篇】』と書き継がれ14年に完結、著者ライフワークの一つとなった。

PHP文庫　自分という奇蹟

2015年9月17日　第1版第1刷

著者　五木寛之
発行者　小林成彦
発行所　株式会社PHP研究所
東京本部　〒135-8137 江東区豊洲5-6-52
文庫出版部　☎03-3520-9617（編集）
普及一部　☎03-3520-9630（販売）
京都本部　〒601-8411 京都市南区西九条北ノ内町11
PHP INTERFACE　http://www.php.co.jp/
組版　朝日メディアインターナショナル株式会社
印刷所
製本所　図書印刷株式会社

ISBN978-4-569-76400-9